あなたの空におくります

藤野 望

Nozomi Fujino

文芸社

目　次

第一章

心隠して眠りたい。
言葉をなくした魚のように、
この広い海を大群で泳ぐ人達、
群れから離れて片隅に、
みんな辛い思いを隠して生きている。
口には、出さないけれど…
一人悩む日々、もうこんなことやめよう、
一体何になるのだろう？
しかし、言葉が、聞きたい、
服を着るように、楽しめたら、
温かく、着せてあげたい。
心が寒いから、人を愛したい。
言葉だけでも…

*

『初恋』
言葉にできず、そこに光があった。
気が付けば、すべてが止まっていた。

いつまでも、見つめていたい。
僕は、感じる。これから先、何があろうとも、あなたの瞳の記憶は、僕の涙を消すだろう。
なぜだろう、遠い昔に出会ったような気がする、懐かしい心の優しさを…
あどけない、あなたを抱きしめたい。
その光は、その場所から、天に向かって、垂直に舞い上がり、祈りに似たような気持ちで、僕に、降り注いできた。
あなたが好きです!!
あなたは、きっと気づいていた。
あなたを追いかけて、そこから、一歩も動けない。
好きだと言えないまま、あなたの名前すら、呼ぶことができなかった。
そのままのあなたが好きだった。
今までのことは忘れようと、恥ずかしそうに、あの頃の秘密を隠して、一人ポツンと椅子に座り、大好きな音楽を聴いているような顔をして、遠く窓辺を見つめ、少し寂しそうな瞳で、みんなの中に、溶けこんでいこうとしているように見えました。あなたのその目に何が見えましたか？　僕は、映りましたか？
何かあったら　気兼ねなく、明るく声をかけてくれたね。
あなたは、誰にでも優しいから、それだけ僕から遠ざかる。
あなたは誰、
あなたの名前は何!!
どこから来たの？
今なにを見ているの？
どこへ行こうとしているの？
あなたが笑うと、なぜだか、僕まで嬉しくなってくる。そんな風を感じて、大好きなSEIKOの歌を聴いて、眠った記憶があります。
明日になったら、また、逢える。
光が、舞い注ぐ。僕は、僕の人生など、そのときも、あまり深く考えていなかった、けれど、
しかし、不思議だね。この目に映る幸せは、
ゴムマリのように弾(はじ)けて、笑っているあなたの姿が目に浮かぶ。弾けて！　笑って！　幸せに…。

愛の意味など分からなくても、あなたを追いかけていたのだろうか？
何が、どうするわけでもないが、何も感じず、幸せは、感じられた。
そんな想いのまま、僕の腕の中にいて。
ここまで来た道のりと、僕は、今、こんな人生を歩いている。
あなたが、もしも、もしも、さびしい時には、
この詩を思い出して、
いつも、あなたは、僕の側にいた。
花のように咲いたあなたの姿、涙で、しぼまないで、笑って、僕のために。どこに行っても、忘れることはなかった…
生きていくために、あなたの優しさがあるのなら、
僕の気持ちは、変わらないだろう。
振り返れば、いつまでも、あの頃のままだ。
正直言って、僕は、人として、出来損(そこ)ないだけど、
キレイな瞳をしたいから、
“瞳だけは、残っている”。
人生、キレイごとだけではないけれど、ありのま

まの僕の姿を見つめてほしい。
それを、あなたは、優しく包んでくれる。僕は、なぜだか不思議に、そう思えてくる。
心が安らぎ、僕の見えなかった笑顔が現れるような気がする。
僕の人生、○○ちゃんに出会えて、今この想いを形にした。
僕は、○○ちゃん、この言葉を書くだけで、今でも胸が、ときめく。忘れないでね、元気でいてね！　いつの日か、笑顔で…!!

*

放課後、西陽に傾き、
光が、影に変わる頃、
心が安まるのか、過ぎ去っていく…、
不思議に、今を感じた風のなか、
この、ひと時に、あなたに心が騒ぎだす。
カバンを持って校庭を歩いていく、
あなたの姿を、遠く窓辺から、見送れなかった…。

今、僕は、どこにいる。
暮れる空に、ハヤル気持ちを抑えきれなくて、
追いかけて！　追いかけて！
いそがないと‼　あなたの右手に、僕の手紙を渡したくて、今日も一日が暮れていく、
そっと強く、あなたの手を握り、僕の心を分かってほしかった。
くしゃくしゃになった、この僕の心でも、
この先、僕達に何が待ち受けているのだろう…。
あなたの笑顔を守りたい…。
あなたの一日が終わり、振り返れば、今日は、
一日どんなことがあったの？
嬉しさと共に、眠りについてほしい。
あなたが、おやすみに入る前、
もしも、心の中の燈(ともしび)に、もしも、僕が映ったのなら、受け止めてほしい、この愛を。あなたが眠りについた時、そっと優しく、
あなたの中に入りたい。
二人笑って目と目で、確かめ、アイたい。
あなたの夢になりたい。

*

この道を歩いて、
時の流れの方向へ、
真っ直ぐに道はある。
明日に向かって、一歩、一歩、前を見て、踏みしめて、嬉しいことがあれば、笑顔で歩き、
どんな辛いことがあっても、また一人に返り、あなたを思い出し、悲しみを振り切って、元気を出して、歩いていった。
この道は、あなたに続いている。
青空の彼方に遠く暮れる空、
人恋しさに、心、さびしく暮れていく。
いつか、一緒に帰ろうね。
この果てしなく続く道、
僕の行くところへ、
あなたが、待っている。
夕陽に照らされ、あなたの元に帰りたい。
あなたが、歩いたこの道も、

この街も、色あせていく、時代と共に…、
流れる雲に乗って、いつものように、自転車に乗って、高校に行っていたの？
あの時、あの道の途中に、あなたは、迷い、立ち止まり、そこに、確かに、あなたはいた。
すべてを見届けていた。
いつの日か、時が過ぎ去っても、
あの頃の気持ち忘れたくない。

*

気ままに、飛んだ、飛ばされた、トンボのように
町をブラつき、
同級生と出会い、声をかけられても、
うまい具合に付き合えない。
今、僕は、どこにいる。
どこに行った。
何をしようとしている。
何も見ていない。
涙が出るほど、嬉しかったけど、

何も言えなかった…
暗闇に見える、あの子の家の部屋には、
まだ、灯りがポツンとついている。
まだ、間に合うかも。
一人じゃない。僕を支えてくれる人がいる。
希望が湧いたけど、社会が消していった。
ただ、この道が続いているとも、思えなかった。
そして、また陽は沈んでいった。

*

今十九、生きている。
振り返れば、すぐそこに青春があった。
期待と不安に、胸を打ち、まぶしいぐらいに、
輝いた気持ちで、写真に写っていたあの頃、
想い出が、切なく胸に残る。
青春の空に嘘はない。
青い空は、やり直すことができる。
あの頃の空は、どこにいく。
空が、高かった。遠い青空に、細長い、うすい白

い雲が、ゆっくり動いていく、
流れるように涼しくて、
風に吹かれて、笑っていた。
どこまでも続く、あの空に夢を見て、
自由な心で背伸びをしていた。
自分でも、気づかないうちに、時が過ぎ去っていった。
生きてることさえ忘れさせた。
今は、もう見えない…
光が透き通り、まぶしすぎて、意識が遠ざかり
手を伸ばせない。
確かに、あの頃の空が続いているのに。
このところ、空を見上げることが少なくなった。
あの頃は、幸せだったのかな？
遠く記憶に思えてくる。
自分でも気づかないうちに、ゴールは、すぐそこに、きっと、あの空に見守られて、
続いているのだろう。
あの空のように、澄（す）みきったピュアな心で生きていきたい。

＊

今までにない笑顔で、緑の中を光が射し、
体操服を着て走り、スポーツマンの彼を追いかけている、一枚のスナップショットがあった。
止まらないで！
追いかけて！
だって、初めて恋をした、素敵な人だから!!
時は止まらない、過ぎ去っていく、
今日が昨日になるまで、どこまでも駆け抜けて!!
二人して幸せのゴールまで、走っていく。

＊

また一つ、心の扉が崩れていく。
あの頃を振り返る。
スローモーションのように、想い出が目に映る。
アニメの一コマを見るように…、
感じる音楽を耳にすると心が溢(あふ)れ出す。

言葉にできない。
今、この時のために生きている。

*

十九歳、大人になっていく。
自分の価値観が変わっていく、
生きること、一人悩む、『できない!!』。
生活の在り方も、だいぶ変わっていった。
始まりは、体調が思わしくなく、家に閉じこもって、寝床から出ず、荒れては、何をするともなければ『何を考えているのか!!』と父親に怒鳴(どな)られ、
（なんとかしてあげたいから）『愛』
また、酷(ひど)い目をして、分かり合えず、
物を蹴り、悔し涙を流した日、俺は、がんばっていたのに…、
素直にもなれず、
なんで、俺がこんな目にあう。
僕が、かわいく思ってのことだと、
分からなくて、とても、辛かった。

病院には、行っていました。
ひとところ、診てもらい、心配ないですよ、
世の中には、もっと苦しんでいる人が、たくさん
いると聞かされて、帰りました。
いつのまにか、あまりの辛さに、追いつめられた、
この僕は、目つきも悪く、反抗的になり、
『何をするか分からない』と先生に訴えていた、
口走っていたこともありました。
そうなっていた、そんな中、
ふと夜空の下を歩きました。
目の前が、真っ暗で、見上げてみれば、
この広い、星空に包まれて、
この胸に、問いかけました。
僕は、一人なんだ、
私が、生きているのは、自分なんだ。
この胸の鼓動、生きているんだ!!
体の中を熱いものが流れ、
涙に変わった。
震えた心で、足まで伝わり、一歩、一歩、踏みし
めて歩き、背中を星空に照らされて、家まで帰り

ました。星は、なんでも知っている…。この気持ち、言葉で、誰かに伝えたかった。
暗闇の中、一人たたずんだ、この僕の願いは、今、心から通じました。

*

なんにもないと感じた。
通りゆく人の明るい話し声が、聞こえてくる。
家に帰るんだろうね。
僕は、甘(あま)えん坊(ぼう)だから、
かさぶたのような心、治る頃には、かゆくなる。
家族だから、かけがえのないものを大事にしたい。
俺、どうなるのだろう？
あなたの声が、聞こえてくる。
のぞみ君、忘れもの、温かいその心を、
思い通りにならないけど、
これが、いいことか？　悪いことか？
行動したから…。

*

夜、眠りにつく前に、あなたの笑顔を思い出した。
作り笑顔のような、さびしい笑顔を、
暗い倉庫に取り残された、ボロボロで、破れ去られた、一冊の本を思い出しました。
その本のように、破れてて、ページが読めない。
もう、それ以上、あなたの笑顔を壊したくない。
あなたが、もしも悲しくて言った言葉が、また作って言ったのかと思われたら、どうしたらいいの。
『嘘をつくと信じてもらいにくい』。こんな、あなたを笑ってる。
夜中、眠りについて突然の嵐に起こされる。
突然の嵐が、あなたを消していく。
何もなかったように…、
素直な気持ちになるけど、涙の一つも出てこない。
そのままのあなたが好きだから、
あなたは、自分を大事にしてね。
あなたの、ありのままの読めなかったページを、
みつくろってくれる、分かり合える、そんな人生

であれたなら、早く気持ちが通じ合って、作り笑顔で、なくなればいいね。
ありがとう。

*

自分から、逃れようと、日が昇り、また、沈んでいった。行きつくところは、社会という高い壁にあたり、周りも、その先が見えなくなった。もう、ここにもいたくない。あまりの辛さに、追い詰められた、この僕は、どこかに逃げたかった。逃げ場所を探してた。現実逃避と時間を失い、精神科に入院させてもらいました。鉄格子の中、なぜ、こんなものがある。自分も疑いました。心の中では、それでも、冷静さを保とうとしていたが、おそらく、社会における立場上、治療を受ける必要性があったのだろう。こんなところで、少し、びっくりしました。
今までにない、初めての体験でした。
世の中には、なぜ、こんな病気があるのだろう？

自分では、分からないこともあります。始まりは、体が、えらい、えらい、と先生に訴えていましたが、そこからです。
言われるままに、治療を、行いました。
今、思えば、あの頃は、受け入れにくく、素直になれず、なぜ僕がこんなことを言われるのかと、自分の思いとは裏腹に、きついことも言われて、それもこれも、僕のことを思ってのことだと、病気を治すことが、分からなく、言葉をなくしたこともありました。
多くの人が、入院していました。
世の中には、想像を超えた、様々なありさまがあり、自分がその人と同じ立場にならなければ、分からないこともあります。
仕事・人間関係・健康・悲しみに、心配で、
生きていく上、大切なことに関わります。
何が起こるか、誰にも分かりません。
予想外のことも、マサカもあります。
人生は、分からないから、おもしろく、
何が起こるか、また怖く、

病気がどうなるかも、分かりません？
生きていくのが、辛い、苦しい、
追いかけられて、追い詰められて、
逃げる所も作れない、
逃げ場さえない。
帰りたくても帰れない、
帰る場所がない。
何か原因があると思います。
何が原因だろう？
簡単に言ってはいけません。
話を聞いても、つかみどころがない。
どうしてあげようにも、
どうしようにも、してあげられない場合も、あるかもしれません。
それは、いくら僕がAさんを大好きでも、
心から、お付き合いをしたいと願いに願っていても、そのお応(こた)えに『お断りします』と言われたら、自分に悔しくて、悲しくて、自分の存在にあたれば（その場合言っても分からないことが多く）、
その原因を探すというよりも、まずは、心を落ち

着かせることから、自分には合わないんだと、
忘れさせようとすることも…
人生は、よく、あきらめてはいけないといいます
が、時と場合によっては、あきらめが肝心なこと
もあります。
それが、僕にとっては、よかったのです。
そして、その人にとって、
何が大事なことなのか？
何が必要か？
その人のためになるのか？
話してくれて、改めること。
その人、その人のことを考えて、治療しているの
だろうと思いました。
なにげなく生活しているのだろうと見える、
患者さん達ですが、心の奥では、もの凄く辛いこ
とだと思います。
僕のことを人は分かってくれないと思うように、
人の気持ちは、分かりません。
悲しいことです。
うかつに、口に出して言ってはいけないと、

今、気づきました。
入院したからといって、僕の生活が変わるとも思えません。
最初から、こんな気持ちで、肩を落としていた。
言われるままにしておこう…
しかし、心の中では、治療になるのだろうか…？
という、葛藤と、それどころじゃなかった。
なぜ、僕がこんなことに。
生きられない。不安に耐えきれず、
ただ、甘えでどこかに行きたかったのだろうか？
心の弱さに負けて、逃げ場を探しにここに来たのだろう。
いつものように、白紙のページをめくるように、
何も見えないまま、さっさと過ごす一日。
なんとなく、力も入らずに、無気力的になっていました。
その場次第で、ただあるがまま、あきらめの無力さの中で、心の奥では『助けてくれえ!!』と叫んでいました。
この中で一日が終わり、朝が来る。

いっそ、このまま目が覚めなければいいと思いました。しかし、このなにげなく、なんとも思わないような気持ちで過ぎ去っていく一日、
この生活の中で、手を差し出してくれている、見守られて、生きている。
恵みある、価値ある一日。
今日も、一日、無事に過ごさせていただき、ありがとうございますと、感謝する心が足りなかった。
『残念』。看護師さんは、患者さんにどんな対応をしてくださるのだろう。僕を励ましてくれることが、今思えば、一番嬉しかった、幸せなことです。
そんな僕は、期待に応えられずに、戸惑いと、さびしさを感じていました。
先生を信じるしかなかった。
必ず、よくなると信じようとしていたが…、
誰も、僕のことを分かってくれないような気がして、とても辛かった。
しかし、温かく見守ってくれているのだと、心の中では、感じていました。
看護の難しさを感じました。

＊

患者さんと知り合いになりました。
話が分かる、今時のカッコイイお父さん。
僕の方から、お友達になりたかったです。
少し、学生時代、不良で、喧嘩（けんか）も、いろんな経験があり、話を聞いて、とても楽しかったです。おしゃれを教えてくれました。
僕は、初めてチノパンのカッコよさが分かりました。『看護学生が実習に来る、狙え！』とあまりにも大きなことを言ってきました。なんともワイルドなこと、ホレボレしたのか？　一目（いちもく）置きました。僕は一瞬顔がニヤケ、平然さを保とうとしていましたが、心の中では、そんなことがあるのだろうか？　なんとも言えない気持ちになり、ここは、病院、治療を受けに来た、そんなことは、言いたいけど…、病気も辛く、見えなかった。
それでも、見ようとすれば、見えないことはないけれど、場をわきまえなければ、

本当のことを言えば、そんなことがあれば、
でもなんだか、若返ったような気がしました。

＊

無風が光に溶け、窓辺のカーテンを静かに揺らさず、暖かい日差しの中、気づかないうちに、時間が通り過ぎていった。変わっていくものはなに？
ふとしたことから、自分を忘れていました。
学生さんが来ます。懐かしい響きです。
時は過ぎ、いくつかの出会いと、思い出を繰り返し、夏の始めの六月頃、学生Ｔさんと、知り合いになりました。親しくなりました。
ちょっと恥ずかしがりやの、おちゃめな感じの左利(き)き、話が弾みました。
空いていた時間、クロスワードの本があったので、一緒に言葉を探しました。
僕と、赤い糸で結ばれていたけど、切れちゃったと、みんなの前で、明るく笑って、おもしろいことを言って、みんなを笑わせようとしましたが…、

僕は、笑えなかった…。
優しそうな、感じのいいお父さんが入院してきて、
Ｔさんは、関心があるのか？　そちらの方に、集まりました。
くぎづけになりました。
女の子らしく、可愛(かわい)く振る舞っていました。
僕は、なぜだか、その姿が可愛くて、いじらしく、
彼女をイジメてみたくなりました。
僕は、すぐその患者さんとお友達になり、
（患者さんも、分かっていたから）
一緒になって、彼女にイジワルなことを言いました。あの時は、悪ふざけがすぎてごめんなさい。
その姿が、あまりにも可愛かったので…。
Ｔさんは、その患者さんに、なついていた。何を言っても、怒らなかった。
Ｔさんは、たぶんその患者さんに、憧れていたのだろう。素敵なお父さんでした。

＊

ある時、知人が、学生は誰がいいかと、自慢げにレベルをつけて周りの人に話していたら、そこにいたTさんは、いきなり、それを聞いて立ち上がった。『女の子にレベルをつけるなんて最低!!』と言って、はぶてて（怒って）逃げていきました。
僕は、ドキッとしました。
正直、僕は、分かるような？　分からないような？　Tさんが、何を言いたかったのか？
男として、女性を見る目、どうあるべき、
好き、嫌いの順もあるかもしれないけど…、
女性は、特別な存在。
女性に、年齢を聞かないように、
体重を、言いたくないように、
女の子の夢を大事にしていたのですか？
だけど、Tさんは、聞いていなかったけど、
知人が、つけたレベルには、
Tさんは、トップクラスだった？

*

僕が、ちょっと用を足しに席を外した時、
Ｔさんが、何かあったら、ふじのさんが（この僕が）助けてくれるというような発言を、周りの人にしたらしい。
僕は、下心があった。なんて、スケベ、優しそうに見えて、女の子を手に入れられるとも思い浮かび、なぜだか、嬉しかった。
しかし、残念だけど僕は、そんな人にはなれなかった。
心の中では、そうなりたいけど…、
あなたが思うような、この僕に、
想像の世界でも、願っている。
しかし、今でも、心が『汚れてる』。
そして、僕が珍しく病室で椅子に座り、机で本を読んでいたら、
（時をかける少女）
実習を終えたＴさんが、窓辺の前の通路を通りがかりに僕の姿を見かけ、『ふじのさん!!』と空一面、広がる、大きな明るい声をかけてくれました。
実習が終わる最後の元気、僕も一瞬にして、元気

をもらいました。
僕は、その姿が目に浮かび、抱きしめてあげたいような可憐さを感じました。
彼女は、僕のことを、どう思ってくれていたのだろう？　心に太陽が昇ったとともに、優しく包み、守ってあげたいような、愛（いと）しさを覚えました。僕は、嬉しくて嬉しくて、ニコニコして歩いていたら、その顔を見た看護師さんが、いつもそんな顔してるねと、笑顔で言ってきました。僕は、なぜだか複雑でした。
僕の表情は、いつもこんなふうなのだろうか？
悩みなど浅く、元気に見えるのだろうか？
元気に見えないほうがおかしいのかもしれないけど、ちょっと悔しかったです。
でも、今では、元気になってもらいたくて、
前向きに言ってくれたことに、
心から、ありがとう。

＊

七月に入り、夜風が気持ちよく、

星空に、メッセージが現れます。

星に願いを…。

心が透き通るように、通じ合うような、星のキラメキ、夜遊びしたくなる季節、七夕（たなばた）が来ます。祭りに、花火が似合います。

病棟に笹（ささ）の葉が立てられて、七夕を祭ります。短冊（たんざく）に願いを書く人、僕は、相手にできませんでした。願いを書いて、なんになるのだろう？　こんな自分は、カッコ悪くて書けませんでした。

あまり気にせずに、笹の葉が着飾っていき、日にちが過ぎていきました。

七夕、その日が来ました。あることから、賑やかに飾られた笹の葉に目を取られ、面白（おもしろ）半分に近づいてみました。

目に入りました‼　頭に走りました。見覚えのあるもの、確か、彼女が持っていたもの、短冊が、掛けられていました。

僕は、Ｔさんが何を書いたのかと思い、興味心で、しっかり見ました。

『患者さんが早く元気になって退院できますように』と書かれていました。
正直、僕は、感動しました。嬉しくなりました。
Ｔさんが、そんなことを書いてくれて、僕もなんだか元気をもらい、すぐ用意して『元気になりますように』と書いて、喜んで吊るしました。七夕のその日、彼女の願いが、僕の心を動かした。星に願いを!!　せめてもの願いが叶(かな)うといいですね。
ただ、そんなことを書いてくれたＴさんが、不幸にならなければいいと心配し、心の中で、七夕に願いました。
そして、実習最後の日、笑顔で、姿が見えなくなりました。僕の中に、彼女に対する何かが残った。兄弟のような、親しみのある何かが…、信じられるものがありました。
振り返れば、机の上に短冊の端切(はぎ)れの紙が、きれいに揃えられて、僕は、なんなんだと期待し、彼女の顔が真っ先によぎりました。
喜んで、開いてみました。
『私もがんばるから、がんばってください』と書かれてありました。
本当は、こんなことよくないのかと思うけど、僕の本心は、男として、もっと他のことを書いてくれたのなら…、
その時は、悪い癖もあり、素直に喜べませんでしたが、その思いは、時がたつにつれて、ふと、自分を振り返れば、彼女の気持ちの重たさが伝わり、嬉しさに変わっていった。
今となっては、心から感謝できる。僕の財産です。
ありがとう、十二分（じゅうにぶん）に勇気をいただいた。
見送りに行けなくて、僕は、さびしくなるから、時間がたつのを、一人さびしく、ベッドの上で迎えていました。僕は、僕自身を待っていました。
しかし、いくら待っても、僕は、来ませんでした。
さようなら、輝きが現れて、あなたが、消えていった。そこに光だけを残して。思い出すだけで、僕の心は、痛みだす。最後には、優しさをあげたかった。
彼女は、さびしがりやで強情な、その奥に一瞬のキラメキがある、僕の心の中では、かわいい女の

子だった。誰かの腕の中でいつまでも幸せに…。
人から聞いた話だけど、別れ際、何を思ったのか？　涙をこぼしたそうです。
いつまでも、その優しい心を忘れないでね。

＊

先生と、お話をさせていただきました。
僕が、気にしていて、なぜ、体が、えらいんだろう!!　どこが、悪いんのだろうか？　説明を求めて、病名を、先生にたずねました。
岩のように微動もせず、先生は、僕に、
一度黙って、『知らないほうがいい』と、力強く言いました。怒鳴られたみたいです。僕は、その姿に重さ以上に押されて、小さくなりそうになり、どうしたらいいのかと戸惑いました。
それでも、答えは、決めていた!!
今ここで、思い切って、前向きに治療と、今後のあり方を考えて、教えてください！　と、
きっぱりと、お願いしました。すると、少し先生

の表情が変わり、あきらめて、落ち着いたという姿が、目に浮かび、やっと、重い口が開きだしました。当時でいう、分裂と、聞いたことのない、難しい病名の合いのこ、精神の病気ですと、はっきり言われました。僕は、この病気がどういうものなのか、よく分からずに、治るのだろうか？
不安と戸惑いを感じ、僕が今ここにいること、今ある生活に治療のあり方、そうであると思いこもうとしていました。
それでも、あきらめてはいなかった。
治療のあり方を先生にたずねたら、薬で治療する。
僕は、分からなくて、先生に「いい薬はないのですか？」と、出しゃばったら、
先生からは、あったら使っていると、一言、返ってきました。（その通りです）。僕は、何も言えませんでした。
なぜ僕が、こんな病気になったのだろう？　元からそのものがあったのだろうか？　そうであっても、いきつくところはありません。なぜ僕は、こんなことになったのだろう。自分に悔しくても、

この胸が痛むばかりです。

＊

永遠の翼。
青空のもとで、あなたは、いつも笑っている。
空に太陽が昇るように、
僕の心を輝かせてくれた。
青い空が、眩（まぶ）しかった。
あの空へ流れる雲に乗って、
自由な心で生きていた。
今にも、届きそうな、あの雲に手をのばして、
あなたを追いかけて！　あなたを追いかけて！
夢中で、裸足（はだし）になって走っていく‼
抱きしめて、離したくない。
どこまでも続く、あの空のように、
あなたに続いている。
まるで、翼を与えてくれるように、
この雲に乗り、あなたの空をかけめぐっていた。

第二章

そんな秋、一人の学生さんに出会いました。
いつものように、バカ笑いに、何も考えずに、
考えてはどうしようか…と一人ふさぎこむ、なんにもない。そんな日々が、過ぎていきました。
何か、いいことはないか、と言葉になるけど、
考えても、しょうがない。
そんな、天気がよく、光が部屋に射しこんだ暖かいある日、思いにもよらず、なんとなく、ベッドの上でヨコになっていたら、
いきなり一人の学生さんが、部屋に入っていました。気がついたら、もうそこにいた。
運命とは、いきなりのことです。
これが、あなたとの出会いでした。
もの思いにふけり、落ち葉の色も変わっていくころ、モノクロの風に飛ばされて、
青春は、薄らいでいく、一人で生きているのがさびしい。人恋しくて、ヌクモリが欲しい。
誰かを思い描いていた季節、あなたは、僕を知っているかのように、笑顔で話しかけてきました。

思い出が繰り返す、いつか見た懐かしい、記憶の心のヌクモリに、僕の知らないどこかで、あなたは、僕を見守ってくれていた。
僕は、なぜだか、あなたのことを知っているかのように、あなたの匂い、思い描いていました。奇跡は二度ある。夢の中で見たような、
あなたに、また、もう一度出会えた。
そんな感じがした、心が動揺した。真夏にひまわりが咲いたような、元気で明るい光が降り注ぐ、僕の真上に、舞い上がった光景でした。どことなく魅力がある、キレイな人でした。
なぜだか？　僕に気があるのか？
『ふじの君！』『ふじの君！』と、勢いよく僕の名前を繰り返し、明るく元気に、大きな声を出して、嬉しそうに、みょうに近づいてくれるような気がしました。
朝、病棟に来ると、真っ先に僕のところへ起こしに来てくれて、何度も何度も、僕の名前を呼んできて、元気をかけてくれる、好きな人。あなたは僕のことをどう思ってくれていたのだろうか？

あなたの声が、朝から聞こえてきて、心に太陽が昇り、半分のぼせていた。
何に満足しているのか、よく分からないけど？
来てくれる、ただそれだけで嬉しくて、
心、あふれた、時間を過ごしていました。
あなたを、見ているだけで、心が、やわらかくなり、まるで、空を飛んでいるみたいでした。
ひと時の幸せに、自分の現実が見えず、少し怖さを感じていました。あなたのことが分からない？
なぜ、あなたは、僕に光を射してくる。不思議に何かを感じるものがありました。
来ています。僕の本能が騒ぎだします。
あなたとは、直感が合う。
あなたは、思い出したかのように、
そうそう、ふじの君って〜だったんだねと、明るく笑って出た言葉が、僕も、頭から離れない、思い続けている。どこかで見たような、聞いたような？
僕の知らない記憶が、よみがえってくるような気がしました。

なんでも話してくれるあなたとは、気が合うような、そばにいて気を遣わなくてもいい、一緒にいて、楽しい人。
頭が、ボケていそうでメチャキレる、脳天気なほど明るい人でした。
そんなあなたも、たまに、僕を見つめて、
何かを考えているかのように、人形のように動かず、黙ってボーッとしていることもありました。
言葉をなくして、立ちつくしている、そんな姿が目に浮かびました。
時が止まったかのように、僕も動かなかった。
その時、何かが走った!!
僕に、何か言いたかったのですか？
僕のために、何かを訴えたかったのですか？　力になってあげたかったのですか？
ありがとう、僕には、分かる。
その瞳に、感じてた。
そんなあなたの姿は、なによりも愛おしく、
胸の奥が痛くなるほど、可憐（かれん）さを覚えました。
病気で苦しんで、自分から逃れようと、立ち向か

うことから遠ざかり、心に負けて弱音を吐くと、
『俺はもうダメだ、一生入院生活だ‼』『あともう
三、四年で死ぬ』ヤケになって吐きだすと、
あなたは、そんなこと言うと、こっちまで悲しく
なってくる、と言って、悲しそうな目をして、そ
の瞳の奥に、温かい思いで、元気になってねと、
僕が溶け込んでいたような気がしました。僕は幸
せだ、こんなにも、僕のことを思ってくれる人が
いる。
分けへだてなく、思いやりのあるあなたは、周り
から、憧れの的だった。
ふじの君は、まだ若い、今ごろから（先）そんなこ
とを言わないで‼　今から先、元気になる、元気
になって、楽しいことがいっぱい、いっぱいある。
ドライブにでも行って風を感じて…。
僕は、黙っていた。嬉しくもなり、悲しくもなっ
た。こんなにも温かく励ましてくれているのに、
あなたの優しさに応えられない。
僕の頭の中から、「ムリ」という言葉が離れなか
った。僕の心は、さびしくて、暗闇の中、一人、

冷たいベッドの上で眠りました。

*

散歩の時間がきます。
がんばって、体を動かさないと、
皆さん、思いやりの心がありました。
そのありがたさに、今では、思い出すだけで、
胸がいっぱいです。
大事なことだと思います。あの時の自分は、その
思いが分からなくて、受け入れられなかった。
しかし、今では心から感謝し、その思いが嬉しく、
ありがたく受け止めています。
あなたも、笑顔で、声をかけてきました。
宝物でもあるかのように、ワクワク、ドキドキし
た顔で、一緒に見つけに行くかのように、
嬉しそうに、誘ってきてくれました。
あなたに応えたかったが、そんな気には、なれな
かった。
あなたが、誘ってきてくれる。

あなたの思いやりに、子供が、だだをこねるかのように、分かっているから、困らせる。
不思議と、あなたの笑顔を見ていると、僕から離れることはないかのように、あなたを困らせてしまいました。
僕は、(イジワル)、気を引きました。
本当は、あなたと歩きたいくせに…。
行ってみようか、みんなで、楽しく、ワイワイ、ガヤガヤ、街のざわつきに、
なんでもないことが幸せで、笑顔と思いやりで、いい汗をかけたらいいですね。
散歩があって、本当によかったと思います。
近くの公園を回ります。
あなたが、側にいてくれる。
僕は、意識していました。
知らぬまに、気持ちがあなたの方に傾き、
同じペースで、離れないように、
あなたが歩いてくれそうなコースを、気づかれないように、歩きました。
あなたも、僕を支えてくれるかのように、

僕の側から、離れませんでした。
あなたと二人、肩を近づけ、歩きました。
あなたと時を重ねて、
午前中、まだ涼しさが少し残るころ、不思議なモヤが、たちこめていました。
白い始まりです。吐く息がきれいで、この緑の中に溶けこんでいく。天気もよく、薄い青空が見えていました。自然の恵みを受け、草や木は色とりどり、精一杯に生きている。空は高く、僕は今、大地の上を歩いている。
吸う息は、かけめぐり、そよ風になり、太陽の光は緑に反射し、キラキラ輝く、とてもキレイにこの目に映った。自然はすごい、風さえ生きている。
水たまりまできれいでした。幸せな心、自然に、命のあり方を感じていました。
あなたが急に立ち止まり、思い出したかのように戸惑い、言わなければいけないのかと思うようなしぐさで、僕の顔を見て、どことなくさびしそうな姿から、一瞬光が現れ、優しい笑顔で話しかけてきました。『悩みごとがあれば、私にだけでも、なんでも打ち明けてきて!!』。
あなたと、僕は、どういう関係なんだろう。
ただの、患者と実習生。僕のことを思い、心配して、なにか力になってあげようと、それ以上のことを感じました。僕は、とっさに反応しました。
何か言おうとしましたが…、あなたの姿を見ていたら、かわいくて、何も言えませんでした。何に反応したのか、うまく言えませんが、ただ本当のことを言えば、よくないことですが、僕の頭の中では、『あなたがほしい』と思っていました。
僕は、こんな人間です。

*

あなたと将棋をしました。
あなたは、初めて将棋を指すのですか？
戸惑って駒を触り、並べ方を僕に聞いてきました。
どういうふうに、動かすの？
笑顔で、僕にたずねてきました。
（子供のようにかわいい姿で、いついても、笑顔が僕のもの）、勘違（かんちが）いする思いで、僕が優しく教えてあげると、すぐにおぼえて、将棋を指してきました。あなたは、おもしろくスジがあるのか、ないのか？　僕が、分からないのか？　いきなり、思いもよらぬところから動かしてきました。僕は、悩みました。何か手があるのか？　初めての割には、かなりできる？　一瞬、手が止まり、考えましたが、なにも、ありませんでした。

あなたは、いつのまにか、将棋を指す手がぎこちなく、ああじゃない、こうでもないと言って、将棋盤と格闘していました。僕も、ない頭で勝ち方を考え、カッコをつけて、いいところを見せようと、盛り上げようとしました。

先生が、関心があるのか、その場に入ってくれました。あなたは、なんでこんなときにこんなところへ打つのか？　僕の方が気づいていませんでした。しかし、あなたも気づいていないようです。助かりました。あなたが迷って、『ここでいい？』と聞いて、駒を動かし、守りを固めると、僕は喜んで、いいよ、そのままで（二人なぜだか笑っていました)。あなたは、ピンチになると急にはしゃぎだし、楽しいのか？　なんだか僕も嬉しくなり、もっと攻めたくなりました。二人、笑って、この空間の中に時間が過ぎていきました。
あなたの展開が危ない！　見かねた先生が助けに入りました。あなたに助言をしてくれます。あなたの手も止まり、守りを固めないと、『メチを打て！』と、先生が言うと、あなたは、メチって何？　なに！　俺が悪かった!!　まだ教えてなかった…。そのままの教えられている、あなたの姿はとても素直で、かわいかったです。
やっぱり、僕が、負けました。
勝てるわけがない、卑怯(ひきょう)だ（笑い)。
今度は助言なしでやろうと言って、強がっているあなたの姿が強く残り、とてもかわいく、印象的でした。

*

僕が、学生時代、スポーツがしたくて東京に夢を見て、家を出て行ったんだよと、あまりにも大きな話で、あなたがどう思うのかと思い、びっくりさせようと、自慢げに、バカ面で、あなたにどう思う？　とズバリ聞いてみたら、『よくそんなことができる』。『私の友達も、お芝居の勉強がしたいからと言って東京へ旅立ったけれど、そんな度胸がない』と言って、照れくさそうに、はにかんでいました。

思っていても、なかなかできることじゃないと話して、何か意味があるのか？　微笑がありました。

現実的な人生を、できることから一歩一歩、階段を上っている、あなたの姿が目に浮かびました。

あなたは、なにも考えていなそうで、ノー天気なほど明るい楽観的主義者に見えますが、こう見えても、とても謙虚で、堅実的な、かわいい女の子です。

*

あなたは、男の人はみんな車が好きだと思っていたらしく、車の運転もうまいのだと…僕に近づいてきて、ふじの君の好きな車は何？　と嬉しそうに聞いてきました。その目が、キラキラ輝いていました。
僕は、その姿に何かが残った…、
今思えば、彼女は、好きな人ができたらその彼の車に乗せてもらい、指定席を用意してもらい、ドライブに連れていってもらうことを、愛車に乗ることを夢に見て、想っていたような気がします。
かわいい、女の子の夢でした。僕は、遊び心が好きな車がいいと思いました。『セフィーロ』と答えました。僕を男らしい、メカに強いと勘違いして『クラッチってなに？』と、笑いころげてたずねてきました。そんなあなたの姿は、まるで夢見る少女のようでした。僕は、あまり詳しくなかったので、知ったげに格好つけて、笑って聞いていました。
あなたの笑顔に、ついていけなかった…。
あなたは、本当に車の免許を持っていたのだろうか？（笑い）

なぜだか、あなたに、車のことを照らし合わせれば、不思議な気がした。

*

ある時、友人達と、いつもの時間、バカ盛り上がりをしていたら、どこから出たのか分からないが、いきなり、友人ｉさんの表情が、卓球をするとひきしまり、カッコよくなると誰かが言いました。みんなもそうだ、それはあると言いました。その声が、響いていました。僕は、黙って聞いていましたが、確かに、友人ｉさんは、カッコよかった。友人ｉさんが照れていて、そんなことはない、じゃ～ふじの君は？　と、僕はどうだか、周りのみんなに聞いてきたら、なんとそこにいたあなたは、ふじの君は、いつもカッコイイと、おだててくれました。まさか、あなたがそんなことを言ってくれるなんて、僕は、今までに一度も、そんなことを言ってくれた女性がいなかったため、もう天にも昇る思いで、宙に浮かんだ。嬉しくて、気持ちは、木に登った。
あなただけに、言われる僕。
自分が想う、あなたにそう言われて、そんなことを言ってくれるなんて、今でも、僕は信じられません。(一本取られました)。
あなたは、おもしろい人ですね、
もしかしたら恋人になれるかもと、期待しました。
多分、あなたには彼氏がいたのだろう？　バカ話だけに、あなたにしてみたら、それが当たり前のように、おもしろいことを言って、笑わせてくれたのでしょう。
僕の心の中は、少しずつ、少しずつ、あなたを求め、花開いていきました。

第三章

空が青い。
あなたのように太陽が笑っている。
まぶしいぐらいに輝いて、
光が降り注ぐ、
青い空が似合う素敵な笑顔、
なんのウソもない。
僕の心を忘れさせてくれる。
痛いぐらいに遠くに行く雲、
まだ見ぬあの空へ、
僕をつれさって、
あなたの空を見てみたい。
夕焼けの薄赤い空、吸い込まれていきそうな、
思いを溶けて、遠く暮れていく、
思い出が繰り返す、
あなたの笑顔はどこへ行く…、
夕日の中に入りたい。
青空のようになりたくて、
帰るところはただ一つ
あなたの空へ。

僕の心が晴れ渡るように、
いつまでも、僕のそばにいて、
笑っていて。
あなたと二人この空になれたなら、
分かり合えたなら、
何かが、報われる。
消えてなくなる二人まで、
いつの日か、青空は、教えてくれるだろう。

*

花のように微笑む、
あなたの姿をいつまでも見ていたい。
教えてほしい、
あなたの笑顔の秘密、
あなたは、誰かに愛されているの？
夢の中まで出てきます。
その笑顔に隠されたものはなに、
それを、僕は守りたい。
あなたは、なにを求めて、

この世界に生まれてきたの？
愛することに、
美しいあなたに、偽りはない。
きれいだよ、作られてない。
僕は、なぜだか、自分のものにしたかった。
限りある人生に、かけがえのない時、
あなたのアルバムの中に僕をはさんで、
僕の腕の中で、彩(いろど)って、
そのままの姿で、咲いていて、
僕を見て、いつまでもあなたが笑っていられるように、愛を贈るから。

*

学生さんとの思い出に、ふれあい楽しむ、
レクリエーションを開きました。
わくわくしてくるのか？　心が痛むのか、
本当のことを言うと、その心が嬉しくて、
こんな機会を作ってくれて、真(まこと)にありがとうございます。

だけど、僕は、記憶障害が多少あり、恥ずかしくて、バカな姿を見せたくない。
素直に楽しめるとは、言えません。
そこにあなたがいる。
それを考えただけで…
胸躍る、嬉しくて、心もはずみます。
でも、楽しみは、取っておきたい。
妄想していました。
人の中へ、みんなと楽しい空間の中で遊びたいけど、不安の心がありました。
あなたが誘いに来てくれました。
『レクに参加して！』
いつものように、元気な姿で声をかけてきました。
僕は、出たいなと思いつつ、一瞬戸惑い、不安の心に変わりました。
心の闇がふさぎました。ふじの君出て！　ふじの君出てきて!!　何度も何度も、同じことをくりかえし言ってくれましたが、僕は、今までもあまり出ていなかったし、あまりその気になれないと言って、強情をはっていました。

あなたが、お願い、お願いだから、ふじの君、出て！　出てきて!!　と言ってくれましたが、心は動きましたが、言葉が出なかった。
あなたとこうしていられる、困らせて、僕のそばから離れられない。自分では、じゃれあっているかのようなこの時間が、不思議と幸せを感じられました。いつのまにか、あなたの笑顔は消えて、言葉数がなくなりました。一瞬、間が空き、なにかを考えているかのように見計らい、『ふじの君、私のために出て！　私のためにだけでもいいから、出てきて!!』と、いきなり、あっと言わせることを言ってきました。正直僕は、嬉しかった。
僕は、その言葉の重さに、その時は、直感で感じられなかったけど、そんなことまで言わせて、不思議で、あなたが好きなのに、心が固まり、やっと重い腰を動かしたというより、なんだか体の荷物が取れたかのように、喜んで参加しました。
アトラクションです。
背中に指で絵を描いて、これは何だと当てるクイズ（生物です）。四、五人で、縦に一列に並んで前の人から後ろの人へ順番に描いて伝えます。四列くらいできました。チーム対抗戦です。何を背中に描いたのか？　想像します。どう変わっていくのだろうか？　楽しみにしていたそうです。

僕の番が来ました。

前から三番目くらい、背中に指で絵を描いてきました。僕は、背中に何を描いてきたのかまったく分からずに、考えこみました。次の人にどう伝えようかと困りました。助け船を出して！　戸惑った顔をして、周りを見回しはじめたら、その顔を見た一番先頭の人が親切に（？）答えを小声で僕の耳のそばで教えてくれました。『やった!!』、それを聞いた僕は、何を思ったのか、いきなり答えが分かったら嬉しいのか？　ひらめきというか思いついて、思いきり、背中に絵も描かずに次の人に『トンボ!!』と大きな声を出して言ってしまいました。大失敗しました。後の祭りです。それを見たあなたがいきなり『ふじの君!!』と大きな声を出して、僕の頭の上に右手をグーにして乗せました。これじゃゲームにならない（笑い）。

僕は、いつもいつも、こんな姿、ぶち壊してしまいました。あの時のあなたの印象が強く頭に残りました。迷惑かけて、ありがとう。あなたに、感謝する。今、思えば、レクに出て、僕が僕であれば喜んで参加する、本当によかったと思います。
僕は、最初からレクに参加したくない、あんな姿をとっていたのは、たぶんこの世界を疑っていた。
参加しなくても、あなたはあなた。
あなたは、どんな態度でいる。
きっと、私の心の中にある闇がそうさせたと思います。
後で聞いた話だけど、あなたは、僕がレクに参加したことをたいへん喜んでくれていたそうです。
あなたを困らせました。

*

あなたの体に触れたい。
幼い頃を思い出し、ふれあい、いたわり、手をのばして、あなたの心をつかみたい。

女の子の秘密を教えて、その笑顔に隠されたものはなに？　神秘があるから、追い求め、永遠に続いている。
いつまでも続く変わらない友達でもかまわない、男として見られなくても…。
遊び心でケンカもして、仲直りもして、みじかい陽射しの中、共に過ごしたい。この夕焼けに身を包まれて、とこしえに手をつないで、
安らぎを追い求めたい。
あなたと二人笑い愛、どこまでもついていきたい。
そんな世界を夢に見た。そんな世界に入りたい。

*

あなたは、草原に咲いている一輪のたんぽぽ、風に吹かれて笑ってる。
僕は、その姿に誘われて、その場所に近づこうとしている。二人して愛のタネを咲かせたい。抱きしめると今にも壊れてしまいそうな女の子の心、
優しく包みたい。

あなたの心の花が咲いてきた。幸せだ。
僕を思う優しさの花が咲いたとき、そっと優しく、
僕は、あなたをつみにいきたい。
その笑顔で待っていて、いつもあなたを見てるから、二人して、幸せな風に吹かれて笑っていたい。

*

病気になって一人さびしく、深く、谷底に落ちていたけど、僕は、あなたの明るさに救われた。情熱のひまわりが、僕のために咲いた。僕を見つめて咲いている。青い空に、優しい黄色の花が咲き、虹(にじ)色のパラソルのように、ふりしきる悲しみに、
おおいかぶさってくれる。
そこにないものが、手に入った。
時間旅行するかのように時が戻った。
あの頃に、青かった頃に、モノクロのフレームがカラーに変わった。まだ、私の人生は…、私の人生には、まだ出会いがある。
それすら見えなかった、忘れかけていたけど、

空の青さが見えるようになった。
あなたの笑顔には、なにか秘密があるの？
すべてを消し去っていくかのように、僕に嘘が見えない。あなたは、海のように深い不思議な心で、潮がみちびかれていくかのように、母のように優しく、そっと、僕を連れ去っていった。あなたに夢を見た。夜明けは突然やってくる。これはなんだと気づいた時には明けていて、光を浴びている。人生の最後の最後に、朝日は現れる。海に風が吹くように、あなたという希望の太陽が、僕にときめきを与え、風が向きを変えて、今船が旅立つ。
人を愛する心が現実に生まれてきた。
この人と、一緒になりたい。心の扉が開いた。
愛こそ、オープンハートになった。
夜空を見上げ、一人暗闇に包まれる。
この暗闇の中で、なにを思う。僕は、どこにいってしまうのだろう？　なぜ生まれてきたのだろう？　思い出がよみがえってくる。嬉しかったこと、温かい思い出がこの暗闇の中、星になり、一筋の光が無数に天からシャワーのように降り注ぐ、星空に照らされて、心を洗い流してくれる。一人じゃない、あなたがいる、あなたが生きている。いつか見た願いは、今、叶おうとしている。命は輝いている。この暗闇が明けて青い星が見えてくる。あなたに出会うために生まれてきた。あの星に照らされて、すべてを見届けていた。あなたの背中を抱きしめたい。あなたを愛し、夢見て、そのために生きて、幸せを感じられ、そこにあるものを、当たり前のように…。失って、一人になっても、星空の下で生きている。『出会い』、あなたを探し続けました。あなたはどこから来たのか？思い出そうと、一生懸命でした。憶えています。そこに笑顔があり、僕を幸せにしてくれる、心の安らぎを放つ、あなたの影からその光まで、生命は、繰り返す。
僕は、あなたを求め、一枚の手紙を書きました。
心を込めて、繰り返し、あなたに贈ります。
思い出してください。(お手紙です)。
『違う世界で会いたかった、いやいつの世界も同じだろう、人の心は変わらないだろう。この世の中であなたに会えたことに感謝する、ありがとう、嬉しかった。立派な看護婦さんになれると思います』（当時は「看護婦」でした）
思いは通じると、それしか見えず、ベッドの上で思い巡らし、一字一字これ以上なく心を込めて、これではいけないと何度も何度も書き直し、夜になっても妥協せず、朝が来ても打ち込んで、気がつけば三日たち、やっと完成しました。よくもやった。僕は、この手紙にすべてをかけていました。いつかきっと、このお手紙が残る日が来る!!　その時には…、二人は一つと願いたい。
実習最後の日、あなたは、いつものようにそこにいました。いつものように過ごし、接して、これといって、あなたに変わった様子はありませんでした。ただ今日で最後、見送りたくない女の子の姿は、いつもよりかわいく、僕のポケットの中にしまいこみたかった。
僕が走り出しました。いつ言おうか？　渡そうか？　ここで言わなければ、もうない、二度と来ない。自分に言い聞かせて、この胸いっぱい、ハラハラ、ドキドキ、気が、気が動転していて、僕でない自分がいます。何が恥ずかしいのか？　いけないこととは知りつつ、心の迷いに格闘し、真っ直ぐにあなたを見つめることができなかった。
時間がない!!　思い切って決心しました。ひとつ間を置いて、さりげなく気を遣って、どう思われるか？　気づかれないように、あなたに限りなく近づきました。戸惑いに、あなたを包みました。
何か大事なことがあるかのように（事実大事なことだが）、落ちついた姿でお伝えする。あなたに『ちょっと来てくれませんか』と静かに声をかけました。
僕がいつもとは違う様子で近づいただけで、その姿を見て、あなたは、何かを感じてくれなかったのだろうか？　恥ずかしい二人だけの秘密にしておきたいのか？　人の少ないところへ呼びました。
素敵な、あなたを誘いました。あなたは、何も気づかず、疑うことも知らないような子供の目をして、どこまでも僕についてきました。この始まりに、僕の心の中では、下心も膨らみました。恋に恋する心がわきあがりました。僕は、すかさず、ためらわずに渡そうと、それしか考えていなかったが、いざとなったら、ためらって気が回って、気づいていたら、あなたの周りをゆっくり回っていました。あなたの目も見られず、小声で『お手紙を書いたのですが…』ときりだしました。（人が話していたことですが、けっこう大きな声で聞こえていたとか）。覚悟していました。するとあなたは、そのままの目をして『誰に渡すの？』と言って、まったくきょとんとした姿で気づいてくれませんでした。すごい、ただ一言、格が違った。なんて器(うつわ)がでかいのだろう。感づいてくれるものだと思っていて、こんな自分の立場がない。あなたは、感じてくれませんでした。
自分の存在に愕然(がくぜん)となり、一瞬体が立ち止まり、動けませんでしたが、心機一転、男らしく『はっきり』しなければ、『〇〇さんに』と僕がはっきりさせると、『私に！』と、なんとも言えない声が聞こえてきました。表情が変わり、驚いたのか？
内に秘めた意外さに嬉しいのか？　一瞬光が見え、

急に静かに微笑んでいたような気がしました。なぜだか、唇（くちびる）を噛んだかのような冷たいグレーな姿が目に浮かび、何かを考えてたたずんでいる姿が思い残りました。精一杯に僕は、言いました。『僕のいないところで見てほしいです』と。あなただけの場所を用意し、素直なあなたは、きっと誰もいないところへ…、あなたに恋してるこの目は、お手紙と一緒にあなたに贈りました。あなたは何も言わずに真摯（しんし）に受け取ってくれました。あなたが僕から、離れる前の何かを感じとった、その瞳はいつまでも忘れません。時がもどってきます。
どこかに行こうとしている。少女の世界に入った、あなたの後ろ姿を、見られませんでした。
しかし、僕の心の中では、いつまでも見つめていました。あなたの世界へ見送りました。
僕は、何を考えていたのだろうか？　時を忘れていた。何も考えていません。あなたを待ってもいません。待たなくても…笑顔が素敵なあなたは、まるで子猫のように鈴を鳴らして、追いかけて、いつのまにか僕の側に来て静かに微笑んでいました。
その中に、恥ずかしそうな色がありました。僕も、何を考えていたのだろうか？　自分でも分かりません。自分を忘れていました。
あなたは、そこから離れません。
笑顔一つもって、裸の心でプレゼント。
そこにあるキラメイタもの、いつになく元気そうな姿に、なにか二人だけの恥ずかしい秘密ができたというような顔でした。しかし、なにも言うことはなく、僕を見つめて、僕も黙って、会話はありませんでした。そんなあなたの姿を、心優しい患者さんが見て、あなたへ『うれしいことでもなにかあった？』と、知っていたのか？　にこやかにたずねてきました。あなたは、控えめな姿で迷うことなく、小声で、うんとうなずきました。ありがとう、もしも嘘でも、そう言ってくれる、その姿が、いじらしくかわいらしい、
そのままのあなたを好きになりました。
僕は、あなたを信じていて、

『読んだら捨ててもいいよ』と言って、
なんのことでもないのかと思うように、
僕の気持ちを見せないように、あなたをタメしてみました。〇〇さんゴメン、どうしても確かめたかった。『そんなことはできない、数少ない宝物ができた』と、そんなことは言わないでというような目をして、少しさびしそうに、迷うことなく、はっきりとあなたは、答えてくれました。
僕が思っていた通りの人だった。
心は通じてるんだと、安心に、安心しました。
あなたは、今日この日、僕の心を受け取ってくれて、ある約束をしました。
僕は、渡すのに迷って、どうしようか？　何を言おうか？　こんなことをしてもいいのか？　渡したくて悩んでいましたが、あなたの笑顔が見られて、僕の想いに、笑顔を奪われたくない。あなたの笑顔は、誰のものでもない。
喜んでくれて、心は半分、本当によかったと思いました。僕は、あなたの笑顔、それだけを信じていました。そして僕は、黙ってあなたを見つめて、一人考えこんでいました。

第四章

（笑顔）
ピンポンやろう。
あなたがまぶしい!!
今いくからね、
僕の打ったボールを、
あなたが返してくれる。
なんて素晴らしい、
心が通じ合うような気がします。
失敗すると明るく、
笑ってボールを拾いに行っていた。
そんなかわいい
あなたがボールについていく姿がおもしろくて、
わざと、コースを変えて打ってみた、
おっとと、取れるかな？
ダルマさんが転がるみたいに動いていた。
そうだ、あなたはダルマさんだ!!
真っ直ぐな性格なんか、頭の形なんか、
後ろから見たらそっくりだった。
ダルマさんに話しかけました、

笑って、あなたの笑顔が涙を消すのなら…

*

実習最後の別れ、
挨拶(あいさつ)に回り、その後に、あなたは真っ直ぐに、僕のもとに駆け寄ってきました。
何か焦っているのか？
いつもより少し様子が違っていました。
心を満タンにして溢れそうでした。
感情が高まっているのか、急いで僕に、
届けに来ました。僕に最高の勢いと、
うれしさがこぼれそうな笑顔をプレゼントして、
なりふりかまわず、周りも気にせずに、声を大きく出して『ふじの君、がんばってね!!』『ふじの君、がんばってね!!』と最後の力をふりしぼるかのように繰り返し、
人が見ていようがいまいが構わず（現に周りに人はいましたが）、格好を気にせずに、
一所懸命、僕になげかけ、何度も、何度も、励ま

してくれました。激アツかったです。
今思えば、あなたは僕の味方、何があっても守らないといけないし、僕の人生からの最高な贈りもの、宝ものです。僕は、なぜだか恥ずかしくて遠慮げに下を向き、黙って小さくなっていました。熱くなる思いだけで、あなたの顔も見られませんでした。そのまま、手も振らず、あなたの笑顔に応えられなく、優しさを返すことも、言葉を交わし、あなたを見送ることもできなかった。あなたの姿が声と共に小さくなった。もうそこにはいない。さようなら。あなたに恋をしたこの瞳は、しばらくしても、さめず、あなたのことが離れなく、この目に残った。この胸の鼓動、ドキドキ感、あの笑顔は、なんだろう？　もしかして…、思い出すだけで、この胸いっぱい、高まりは期待に変わりました。あなたは、海のように広く、不思議な優しさができた。ありもしないところから、宝ものが見つかった、そんな雰囲気で、楽しみにしています、というように、最後の別れ、がんばって、私のところに来てねと、僕には見えて消えていった。あなたと離れたくない!!　消えないで、あの雲のように遠くに行かないで!!
この空にいて、もう一度、僕の目の前に現れて、青空を見せて、あなたと触れ合いたい。
僕は、もう二度とあなたに会えないのだろうかと、ふと現実を見て、さびしくて、初めて心を交わした人なのに、張り裂けてしまいそうな切なさに襲われ、できることなら、あなたのもとへかけだして、今すぐに会いたかった。
心の中では、あなたを待てず、そして期待したかった。あなたが過ぎ去っていき、光が何もなかったように消え、いつものようにベッドの上に横になり、空想ばかり見ていた。
自分がこうなっている、がんばっている自分がいる。思いもかけず、あなたと出会い、僕の姿を見てくれる。がんばっている姿に花が咲く。
想像の世界だけに、嬉しさは、さみしさに変わっていった。心の中に空白ができたような気がして、それを埋めきれなくて、むなしさがつのった。時間は過ぎていく、忘れさせようと、無情なぐらい、キラメキは一瞬のものとなる。思い出に変わっていくのだろうか？　運命に取り残されそうな僕、あなたに会えた喜びを手に入れたい。
そんな、時間が止まったかのような、静かなある日、あなたの友達の学生さんが実習に来て、静かに音もせず僕のところへ来てくれて『○○さんから』と言って、言葉少なく、優しそうな微笑みで、あなたからのお返事のお手紙を持ってきて、僕に、渡してくれました。まるで一瞬が止まったかのように背筋（せすじ）が身震いした。恥ずかしくて、優しそうな学生さんの顔を見ることができなかった。今でも、スローモーションのように、音もせず、学生さんが僕のそばに来て、優しそうに、静かに渡してくれた姿が、心の目には見えてきます。
僕は、この時が来た、半分あきらめ、来ることを願い、その気持ちを学生さんも分かっていたため、分からせまいと、わざと表情を隠していたが、その水色の封筒（ふうとう）が見えて、学生さんの顔を見て、あなたからのお返事のお手紙をいただいた、手にしただけで、想像が膨らみ、やった!!　想いは届く、心の中でガッツポーズをとりました。嬉しくて、言葉を失い、舞い上がって空に飛んだ。自分を信じられませんでした。生まれてきてよかった、生きていてよかった、全てのことが、ありがたいというよりは、美しく見えました。感謝以上に、大喜びしました。なんとも言えない気持ちになり、想いは通じる、願いは叶う、何か、あなたに信じられるものがありました。
運は、まだ残っている。こんな僕だけど、神様はついている。勘違いするような思いで、神様を追いかけました。
僕は、飛び上がるほど嬉しい気持ちを隠して、
なんでもないかのふりをして『○○さんに悪いのに、お返事書いてくれて』と、学生さんに言ってしまいました。なんてめめしい男だろう。
あきらかに、自分の故意です。そんなつもりでお手紙を書いたんじゃなかったと、なぜだか利欲を見せず、いい人ぶり、人を好きになることは、僕には難しいことです。恥ずかしくて、学生さんに格好をつけたくて、見せたくなかった。本当のこ

とを言えばよかった。
すかさず、手にすると、封筒が少し膨れていました。どんなことが書かれているのかと、大分期待し、自分の心にしまいました。後になり、
その姿を誰にも見られないように、一人、ベッドの横の片隅に行き、見ようとしました。その時、
僕は自分の心を大事にしました。
お手紙も大事に手にして、あなたからいただいた、心のぬくもりの封を開けました。
バレンタインと書かれたビニールの包み袋（コブクロ）が入っていて、ぷっくりと膨れてあり、僕はなんなんだ？　何が入っているのか？　分からずに、不思議に思い、急いで開けてみました。白いきれのボール？　意味不明、しっかり見たら、
そこにあるのは、かわいい手作りの、てるてる坊主でした。顔が大きく、なぜだかあなたの顔が笑っているように思い浮かびました。雨にも負けず、風にも負けず、元気な姿。よく分からないがシンプルで正当なプレゼント。僕は、なんの意味があるのか？　今、自分になにが見えるのか？　その

時には、見えませんでした。メモがそえられ、『ふじの君の明日天気にな〜あれ』と書かれていました。初めて、あなたらしいと感じ、あなたに心を奪われました。思いっきり息を吸い込み、この胸いっぱい、ハラハラドキドキ、期待に応えて期待し、ワクワクしてくるのか？　これから先なにがあるのか？　あなたへの思いでいっぱいです。その心とは裏腹に、僕にはあまり天気に実感がわきませんでした。天気とはなんだろう？　晴れ渡る空には、何が見えるのだろう？　青空を感じられなかった。どこまでも続くあの空の雲をつかむ思いだった。そうなれる自分がある、青空は、彼方にあった。心の中にある暗闇がたちこめ、そんなことをしても変わらないと見てしまう心。不思議と、そんな世界が見えるとは、言えませんでした。
青空というよりも、あなたへの想いで頭がいっぱいいっぱいでした。
必ず僕の心に、応えてくれる。思いが叶う。
そうなると願ったこの手に瞳が入り、思いきって便箋を開けてみると、なぜだかそこから優しい光が出ていたような感じがしました。

小さめな、整って並んだ、きれいな字。

お手紙に、ふじの君ありがとう、ふじの君からいただいたお手紙に、私のお守りができました。ふじの君のために私ができることがあればなんでもしてあげたい。悩みごとがあれば私にだけでもなんでも打ち明けてきて、ふじの君が元気になることが私へのプレゼント。ふじの君、第二のプレゼント待っています。私の夢は、患者さんの気持ちが分かる看護婦になることです、そのために今一生懸命がんばって勉強しています。

ふじの君、セフィーロに乗って颯爽と私の目の前に現れてください、そしたら乗せてくださいね、待っています。

最後に僕との秘密の約束守ります、と固く結んで、嬉しそうに書かれていました。水色の便箋が流れるような時間の中に吸い込み、水滴のように溶け込み、目に入り心にしみて、あなたの面影を感じていました。

僕の心の中は誰にも分かりません。僕の思っていたことが、実現した。嬉しくて胸躍り、この勢いは止まることなく一直線、誰にもつかめないほど舞い上がった。僕は、何を見ていたのだろう？
そこにない青空を見ていたのだろうか？　太陽が輝いて空を映す、澄みきった心で、なにもない、ただあなたを好きだという以外になにもない。ピュアな空に、溶けこんでいった。
自分でもなぜこんな気持ちになったのか？
あなたはどこからきたのか？
僕の心を映すこの空は、どこから来たのか、分からない。ふとさびしさを感じました。
どう考えてもそんなことはできない。
セフィーロだなんて！
もしも生まれ変われるのなら、そこにあなたがいるのなら、青空の下を風を感じてセフィーロに乗って、緑の中をかけめぐり、颯爽とあなたを迎えに走りたい。
これから先、生まれ変わった気持ちで生きていこうにも、心を入れ替えようにも、そうなりたくても、なれなくて、どうしたらいいのだろうか？
体調が思わしくなかった。
行きつく答えは、あなたが欲しい。
一度でいいから、抱きしめたかった…（それしか出なかった）。
自分の欲望が走りだしました。今しかない!!　文通を学生さんにお願いして、続けたくて、離したくない。
お手紙を渡して、受け取ってくれました。
僕は、何も言うことができなくて、あなたの優しさに流されるかのように、しっかりした姿にならなければ、希望があるようにふるまい『今、僕に言えることは、お互いに未来を見つめて生きていこう』と力強くお手紙に書きました。
あなたは、安心していたのでしょう。
風に吹かれて、今を生き、しっかりと僕のこの言葉を受け止めて、笑顔で友達と日々を過ごしていたのでしょう。しかし、僕の本当の気持ちを分かっていなかった…。
記念に、あなたにテルテル君のお礼に何かあげたい。何をあげようか？　考えました。今、僕が持っているもの、人から、いただいたものですが、特別な関係だから、幸せを呼ぶような飾り物がありました。僕もそれを見て、ああいいなと感じていました。一枚の紙に、人からもらったものですが…テルテル君のお礼です。僕も、人の心が分かる仕事をしたいな、と書いて（してあげたい)、その飾り物を包んで、なんでもないように、心の中では大喜びして、照れくさそうに、学生さんに、テルテル君のお礼ですと言って、あなたに渡しました。『〇〇さん喜ぶ！』と願いが叶ったような声を出し、あなたの友達の学生さんが自分のことのように喜んで、すかさず受け取ってくれました。僕は、いただいた人の顔が思い浮かびあがり、きっかけを作ってくださり、ありがとうございますと、たいへん感謝しました。
そして、その人と僕の存在にあなた、支え合って生きていると少し複雑で、それでもなぜだかすごく満足し、幸せを感じられました。
僕は、プレゼントがあなたの心に届く日をずっと待っていました。喜んでくれるかな？　僕のこの心を、あなたを想う気持ちは、誰よりもあなたが知ってます。あなたの心が発信します。あなたからのお返事のお手紙をいただきました。それだけでも、嬉しい。

お手紙に、『人からもらったものを私にプレゼントしていいの、だいじょぶ？　大事にしなければ…、大事にします。』と心配してくれて、ある人だから、分かってくれるはず、

その思いは、あなただから、そしてあなたは、僕が散歩に出かけてグローブを持って歩いている姿を校舎の窓辺から見かけたんですよ、『ふじの君!!』と大きな声を出して叫ぼうかと思ったけれど、周りの人がみんな見るかもしれないから、やめたんですよ（笑い）。あなたは、僕を見て嬉しいのやら、その姿が羨(うらや)ましいようなことも書いてあったんですよ、それでも心配してくれて、この僕のプレゼントに、ふじの君の幸せを祈って、朝晩毎日見つめます、と本当に書いてありました。あなたは、僕がキャッチボールをして遊んでいる

姿を見かけて遠くから応援してくれていたのだろうか？　最後に、「P.S.キャッチボール頑張ってください。」とお手紙に書いてありました。今でもあなたの優しさに触れる。あなたは素晴らしい、なんて明るく前向きに僕を優しく包んでくれるのだろうか…。

*

今、鳥が飛んだね。
この広い空に、ゆくあてもないように、
飛んで消えていった。
この広い空にあるのだろう、
かけがえのないもの…。
羽ばたいて、
大空かけめぐる。
いつの日か探し求めるまで、
青空めがけて飛んでいく。

*

夢の中へ、
言葉にできない、
気持ちになると、
ふと心の安らぎが、
話しかけてくる。
あなたは…、
夢を描きたい。
大きな愛のように、
私を包んでしまう。
優しく眠りたい。

*

あなたに愛を贈りたい。
どうして巡りあったのだろう。
心の扉を開いて、
あなたの心の中に入りたい。
かけがえのないあなた、
こんなにも切なくて、

胸の奥が痛い、
忘れられないこの想い、
優しさをあげたい。
心の支えになって、
いつだろう遠い昔に、
出会ったような気がする、
心の優しさを。
あなたに見守られ、
あなたと共に生きていきたい。

第五章

あなたのことを思い出し、
今すぐ迎えに行きたい、
誰の手からも遠ざかる、
二人だけの世界へ。
僕の心の中にある秘密のポケットの中に、
あなたをしまいこみ、
このままつれさり、僕だけのものに、
風のように、そっと優しく包みこみたい。
いつも、一緒にそばにいて、
心の中が張り裂けそうに叫んでいる。
○○さん、僕のところへ来て、
あなたの名前はなんだ!!
なんのためにある、
あなたの存在のため。
繰り返し呼び叫ぶ、あなたの名前、
僕の存在と一つになって、
誰にも渡したくないほど愛おしく大事にしたい。
とは裏腹に、もうかわいい女の子を見るといじらしく、泣かせたくなった。

かわいいイジメは愛情があるから、
なぜだかあなたは、僕の味方になってくれる気がした。その手も顔も、愛おしく、いつの日か、分かり合える、涙にかわる。
許し合える何かが、自分のものになるかと思い、
あなたの涙は、僕だけのものにしたい。
あんなに明るいあなたが、涙を流すことはあるのだろうか？　僕のために、僕のために涙を流してくれますか？
あなたとの未来を見つめて、その先、何も見えない。見えるのは、もう少したったら死ぬだろう…。
あなたにしてあげられること…、時は流れていく、
ごめんね、それさえ見えなかった。
夜が来た、あかりが消え、暗いこの部屋の天井（てんじょう）を見つめ、ただ一人、気がつけば、あなたの顔を思い出していた。今、自分がどこにいるのか分からない、どこに来た、目隠しして歩いて来た。
あなたの顔に訴えていた。
教えてほしい、嘘のない心、僕を引き返してほしい、あの頃への想いへ、

なんでもないことで笑顔になれた、
何かを忘れさせてくれるように生きていた。
疲れたように眠りについた。
いつの間にかどこまでも続く暗闇に包まれて、一人漂っている自分がおとずれた。
よく分からない、自分がどこにいるのか？
その僕の暗闇の心の中に光が走った。
雷が落ちた。
（あなたのことをもっと知りたかった…）
（僕のことをもっと分かってほしかった…）
目が覚めた。気がつけば一人、心は冷たく雨に打たれて、真っ暗な頭の中、あなたに送る便箋が目に浮かび折りたたまれていた。
もうこれしかない!!　思い立ち、便箋を用意し、ペンを取り、決心しました。疲れきった心で、僕は一人賭け（？）に出た。時間がない。ここで今言う。
『〇〇さん、今日は、僕の話を聞いてください、お願いします。僕は、精神の病です。死にたいと思う。ある他人に、よそで生まれていたら、殺されていたと言われた。僕は、悲しい。誰からも受け入れられない。どうかこんな僕だけど、温かく見守ってください』とあなたに手紙を書きました。ためらわず、シチュエーションもなにも考えずに、あなたがなにを思おうと迷わず、自分を信じて、渡そうと思いました。
あなたの存在はなんなのか？　その笑顔は…、あなたが泣くかもしれないのに、自分が選んだ道でした。あなたに渡せば、伝えれば、なぜだかこの胸の、つかえた重い苦しい思いは、あなたに逃げて楽になれると思い、愛は人を守るためにある、子供のことを思う気持ちのように、あなたの愛を信じて、あなたが手を差し出してくれるかと思い、あなたのことを思い、勘違いして、どうすることもできず、これ以上あなたにも我慢できず、精一杯な心でした。自分のひとりよがりだった。分かってほしいとは言わない、
あなたが好きだから、その光に向かって、
もしも、僕が好きだったら、この僕の想いに飛び込んできて、いつかきっと二人に笑顔がおとずれ

る、この僕の心に分かり合える、未来に続く日がきっと来ると信じて、あなたをあきらめてはいなかった。
お手紙を静かに学生さんに渡しました。なにも知らない学生さん、優しそうな白い手に映る心は、まさかこんなこととはと…。僕は、半分楽になった。
あなたは、分かってくれると安心していて、
分かってくれて泣かせてしまった…。
半分心がしめつけられました。言いたくないことは言った。自己満足とエゴでしかなかった。
答えをなにか焦っているような気がした。
あなたの返事は来るのだろうか？　あなたに伝えることでなにかが始まる。あなたの気持ちも考えずに、僕のために、何かを思ってくれている。手を差し出してくれる。勘違いして一気に決めようとしていた。あなたとの関係だけを考えて、最後に賭けてみようと思いました。
あなたは気づくことはなく、想い抱く言葉を手紙に書いて用意し時を待っていました。待っていて

も返事は届かない。分かってはいましたが、準備はできた、(ひどい)。心だけは届いていました。三日が過ぎ四日、実習に来る学生さんの表情がかたく感じられ、近寄りがたかった。あなたからのお手紙は、忘れさられた風のように届きませんでした。なにもなかったように、日めくりのカレンダーがちぎれ捨て去り、心に積もって、時間だけがつのっていった。そんな、なにも考えていないあのアホ(自分)が、あなたの心に気づかなくて、あなたは誰よりも辛かったのだろう。あなたは、お返事のしようがなく、あなたからのお手紙は届かなかったのです。

(あなたは、僕が思う以上に僕の心を受け止めてくれていた)僕は、思っていた。

この手紙を出した後、次のお手紙を渡すことを心の中に思い描いて、心を用意していた。あなたとの音信はないまま、初めからなにもなかった空気で文通は終わっていたと感じられる中、自らの足で優しそうな学生さんのもとへ行き、学生さんへ誠実そうに(本当にそうだ)、あなたの心を分かったつもりで、○○さんに伝えてください、返事が来ると信じてた、と言いました。
本当は、返事は来ないだろうと思っていましたが、あなたの思いやりを、天秤(てんびん)にかけた思いで、全て僕の思惑です。何が「返事が来ると信じてた」だ!!　分かっていたのに恥を知れ!!
今では、ずいぶん自分の心に痛く恥ずかしい思いです。あなたとのきっかけを、このままでは終わらせたくない、そして、○○さんにこれを渡してください、お願いします、と言って思いを託(たく)しました。今考えると、あの時よくもまあ、こんな僕のお手紙を、学生さんは受け取りあなたに渡してくれたのだろう？　不思議でならない。これが最後の勝負、覚悟はできないが、お手紙に全てをかけました。優しい学生さんに出会って、僕に恵みがあった、一度でいいからデートに行きたかった。
お手紙に、
『I Love You、さようなら、
あなたの返事は見なくても分かっている、あなたは、僕が思っていた通りの人だった。○○さんありがとう。あなたが好きです。僕には、将来性はないかもしれないけれど、あなたは…、あなたは、僕の夢です。しかしあなたは、あなたには、僕みたいな、僕なんかより、もっと理想のいい人が現れると思います。お似合いの人とその時には、お幸せに…』
僕の心の丈(たけ)を、あなたへの溢れる思いにのせて人の心を贈りました。あなたへ優しさを伝えたい。
『一人じゃないさ、全てを包みこむように人々が暮らしている、人の心が通っている、それを信じて生きている。いつかきっと幸せになれると信じて。』
心の愛を思い出し、ポエムにのせてあなたの真ん中に贈りました。
『幼い頃、僕達は一緒に遊んだね、あなたは時計を指差し、私はあなたの時間になりたいと言う、夢の中で見たような不思議な時間が過ぎていった、まだ愛だとか恋とか分からなかったあの頃に帰りたい。』
僕からあなたへの贈りもの、

あなたのことを想い、便箋に鉛筆で書いて、間違えて消しゴムで消して、心をこめて願いよ届け!!
（金色のリボンで結んで）。
受け取ってほしいこの心を…。
『僕は、なぜこんなことを書いたの？　あなたがどう思うかもわからないのに、心の糸を手繰（たぐ）れば始まりがある、いっぺんには何もできない、そこから編み出すものがある、最初は形は小さく見えないかもしれないけど、いつの日か必ずあなたの心に届くだろう、僕の気持ちが分かるだろう。〇〇さんお願いします。僕の最後の願いを聞いてください。11月20日、日曜日、あなたに会いたいです。デートをしたいです。映画を一緒に観にいきたいです。11時に××駅で会ってくれませんか？
切符売り場で待ってます。お願いします。あなたは、僕のたったひとつの夢だった…』。以上
最後に、あなたとのデートの申し込みをしました。
必ず僕の期待に応えてくれる。
僕のことを思ってくれている。
あなたからのお手紙がまた届く、来てくれる。

分かり合える涙が、あなたを追いかけている。
あなたの心は分かる。分かる必要もないのかも、
本当は、分かっていなかった。
思うようにやった。あなたに全てを賭けた。
これが最後なら、僕の思いは優しく受け入れられること。デートができる、それしか出なかった。
そして、僕の願いは、あなたが、僕を好きだったこと。『いいえ、ふじの君、私はふじの君を待ってます』と言ってもらいたくて、けれども僕は、そう言わせようとしていた。
あなたに、返事が来ると、『信じてた』と、ヌケヌケとアホづらで、そうなりたいと僕の思いを伝えたので、優しいあなたはきっと返してくれる。
なにもなかったように、嵐は過ぎていた。僕の心の中では、決まっていた。
安心していたのだろう、気づかないうちに時間が流れていった。嵐の後の静かさは自分の心が動かずに、周りが動いているとは感じさせなかった。
この目になにも映らなかった。あなたの周りを気づかない、なにも知らないあなたの心を…、

僕の笑顔に、涙が溢れていた。僕は、不思議と焦ってはいなかった。逃げなくても時は来る、僕の心は、逃げはしない、待っていた。
静かに時が逃げ去っていくかのように、一人の学生さんがサーッと現れ、気がつけば僕の横に来て、いきなりなにか義務的に、なにも言わず、右手が素早く僕の目の前に出た。表情は変わらず、そこにあるのはあなたからの手紙、その姿に一瞬、ムッとなり、素直に受け取れませんでした。学生さんは、気を壊していただろう。
僕は、バカだ。あなたの気持ちも分からずに、手紙が来たことだけを喜んでいた。
興奮していたのだろう、あなたのことを思う気持ちを勘違いして、欲望にかえて、止まらない心で急いでお手紙の封を開け便箋を見ました。
あなたは、急いでいたのか、今すぐ、ふじの君のもとに行って届けたいと真っ先に書いてありました。あなたは、泣きだしそうな心で書いたのでしょうか、いやすでにもう泣いていました。便箋を見ただけで字が泣いていました。

その時は、それを見て僕は、心が痛まなかった。
(これが、手の内か)
僕の心が悪になっていた。
『ふじの君、先生がそうおっしゃったんですか？体の調子が悪いと言っていましたが？　殺されていた、死にたいだなんて、手紙を見て泣いてしまいました。ある人のことをもう少しお話ししてくれませんか？　私で、できることなら力になってあげたい。私は楽観主義者なので、そこまでは…、ふじの君がそこまで悩みがあったなんて知らなくて私ったら…、ふじの君の気持ちも知らなくて、(何をしてきたの)、ふじの君が私のことを、私のことを思う存在感がそんなものだったとは知らなかった、気づかなかった。
（そんなことまで言ってくるなんて…)
ふじの君のために、もっと何か、いろんなことを言ってあげたいけれど、言葉にも文章にもできません。』
あなたは、こんなことをするんじゃなかったと、自分を自分で責めて不安な心でペンを取り、この手紙を書いたのでしょう。

面影に、心が途切れていた。あなたは、こんな僕に、何を思い悲しみ、僕を受け取ってくれたのだろうか？　いつまでも優しいそのままの姿だった。

『ふじの君、こんな私でよかったら、デート待っていて』。そして最後に、あなたは、私の好きな歌を二曲ほどふじの君に贈りますと便箋に歌詞を書いて、僕に見せてくれました。

何か意味があるのか？　うまく言えませんが、今の僕には、頭がいっぱいいっぱいで、心に伝わりませんでしたが、『がんばって!!』と言いたいような字がそう見えました。僕の心の中では、言葉と汗と涙で滲んで目にしみ、なぜだかあわれみも感じました。その歌に、僕の未来を見ようとしましたが、見つめられませんでした。

あなたにしてみれば、それが僕のために、あなたが思う好きな気持ちを伝えたい、最後のプレゼントだった。彼女は、僕にそれしかできなかった。

それと思える、その思いがかわいそう、精一杯な思いやりに僕はウキウキになり、デートに来てくれる、デートに来たら…飛び跳ねて喜んでいた。
僕は、都合のいいことばかり考え、自分勝手にことを進めて、誰からの声も耳に入らず周りも見えず、人の心が分からなかった。
あなたに気づかなくて、調子に乗って言葉巧みに口説き言葉を手紙に書いて、デートに行った時、渡そう渡そうと想像しては、あんなことをしよう、こんなことをしようと、空想ばかり浮かべていた。
そういう姿で嘘がなく好きなしぐさが出て、学生さんに話してみたら、その姿を見た、話を聞いた、あなたの友達の学生さんが涙を浮かべました。なにが悲しいのだろう？　不思議に思い、僕は、気づきませんでした。何か言いたそうな顔をして、黙って僕を見つめていました。何も知らない僕の横顔を見て、悲しみが雪のように降り積もっていたのだろう。
学生さんは、何か言ってきましたが、僕の頭の中に入らず、僕は、学生さんに、彼女に聞いてみなければ分からない、口が渇くほど言っていました。
学生さんの気持ちも分からなかった…。そして学生さんは、優しく僕の側に近づいてきて静かに話しかけてきました。言い聞かせます。
『○○さんがふじの君に、恋愛感情をもっているかどうかは、私には分からない。ふじの君のことを思い、力になってあげたくて、優しい心で接してあげたのかも』
しきりに僕の思いこみを分からせようとしてきました。
僕は、分からなかった。そう思いたくなかった。あなたのことが一日中頭から離れなかった…、学生さんが僕を見て、あなたに相談したのか？　僕が学生さんに相談させたのか？　何か分からないモヤがたちこめていました。あなたからのお手紙もなにか戸惑う姿を感じさせました。僕も、あなたも、様子を窺(うかが)いました。
お便りがまたありました。
『ふじの君、このところ体調が悪く風邪(かぜ)をひいたみたいです。
病院に行ってきました。今も頭がボォーとします。
ふじの君も気をつけてください。今度病院の試験があります。こんなことではいけません。
元気に頑張ってきます。ふじの君、試験心配していてくれましたが、もしも私が、不合格だったら、私の力が足りなかったということなのです。
期待に応えて頑張ってきます』
あなたは百獣の王ライオンのように勇ましい。勇気のある、思いやりの深い人だと思いました。○○さん頑張って!!　あなたの体調がよくない、思わしくないと聞いて、あんなに元気なあなたが風邪をひいたみたい、どうしたんだろう、あまり心配かけたのだろうか？　どうしたらいいのか？
それは、素直な心を伝えること。(なにもないこんな僕だけど、かけがえのない人であってほしい)。今、僕にできること、不思議と目の前に、この思いが浮かび上がりました。何もできない、この、僕だけど、全ての人に届けたい。詩にしてあなたへ、僕の思いをお手紙にして贈りました。
『あなたへ、幸せですか？　今あなたは…、失って初めて気づくことがある。当たり前のように思えてくることが…、あなたには、決してそんな思いはさせたくない!!　風邪は、万病のもと、お体お大事に』。それしかありませんでした。
記念日を作ろうと心に残る、あなたとの初めての日を思い出にして、あなたに、デートの申し込みをしました。あなたは、ＯＫしてくれました。僕もあなたも合格しました。(思いこみ)。
あなただけの永遠の時間、その笑顔も、僕の心の輝きも二人だけのために、川のせせらぎに、雲もゆっくり流れ、風に包まれて情景は舞い上がり、緑に溶け込んでいく、光は反射し、この目に射す、太陽は影を作り、引きつけられるかのように、今二人の影は一つになる。虹色の公園を天高く、抜けるような青空のように、どこまでも続く気持ちで二人は今手をつないで歩いている。
そして、見晴らしのいい、キレイな景色の小高い丘で、できることなら、僕は、あなたと肩を寄せ合い、二人笑っている写真を撮りたい。二人は喜び合って、笑顔がこぼれている。それを、拾うのにたいへんだった。僕は、その写真に夢を見た。
あなたが僕のために来てくれる。願いを手に入れた。その記念に、写真を撮って僕の宝物にしようと思いました。僕のプライベートの机の上に、立てかけ飾っておこう。
最高のものを手に入れた。それを考えたら、たまらなくその日が待ち遠しくて、見るたびに、生きがいが、僕の生まれてきた幸せが湧き上がります。一生の贈りものです。僕は、このデートに全てをかけてみようと思いました。僕は、嬉しくて嬉しくて、舞い上がり、夜も眠れないぐらいに喜んでいました。
あなたは、何か言わなければいけないのかと思うように、何かに急がされているように、心がざわついていました。あなたからのお手紙をよく見て、どうでもいいかのように、僕に関係なく、『私の誕生日が近くもうすぐやってくるんですよ、16日で、21歳になります』。僕より1歳年上のお姉さん、好きな年齢です。ただそれだけで、自分でもなんでもないかのように、ただ思い出したかのように、僕に何も言ってもらわなくてもいい、ついでのことのように、僕の心には映りました。

あなたは、何かを隠している。作り笑顔が暗闇の中に浮かび上がりました。初めてあなたは、どこにでもある街角にたたずんだ、ほんの小さな女の子なんだと気がつきました。抱きしめることが優しさじゃない。あなたが大好きだから、その思いでいっぱいで気づかなかった。バカだよ、僕は、気づくのが遅かっただけに勢いがついて止まらなかった。
あなたから返ってきた便箋には、氷が入っていました。冷ややかさを背中に感じました。僕は、まだ懲りず、あなたに必死で、あなたの心を見ようとせず、あなたを想う気持ちが空回りし、かえって自分の心もどこかにいき、自分も見失いそうになりました。それでも落ち着いて、あなたとの関係を考えていました。
あなたの誕生日がくる。ありがとうという日。もうすぐやってくる。一年に一度、この日、その時、この世界に生まれてきた奇跡に感謝し、あなたが生まれてきた喜びを共に祝いたい。今、この時あなたが生まれてきた素晴らしい記念日に、僕の心を贈りたい。僕は、あなたに何ができる。それは、心が形になるもの、喜んだ姿になること。
ない頭で、当時答えを探している最中、なかなか見つからなかった。何かないか？　あなたが僕に、手紙に歌を書いてメッセージを贈ってくれたことを思い出し、なにかある？　言霊(ことだま)が、あの日、あの時を思い出す心に残るこのメモリー。僕もあなたのまねをして、手紙に歌を書いて僕の想いを贈りたい。あなたの誕生日を祝いたい。二人の明日を願いました。
ハッピーバースデーソングをプレゼントしようと決めました。これも僕の思いこみです。なんの曲を贈ろうか？　今、僕に見えるもの、この目に映る歌を思いめぐらし、探しました。歌詞を全部覚えていない。本当のことを言えば、なかなか見当もつかなかった。悩んでいました。
知り合いの人が病棟に、サザンオールスターズのアルバム『ＫＡＭＡＫＵＲＡ』を持ってきて聴いていました。僕も目にし、耳にして、ああいいなと思いました。関心があったのでしっかりと聴かせてもらい、感じがよく、もっと好きになりました。その中に入っている『夕陽に別れを告げて〜メリーゴーランド』という歌がたまらなく好きで、一人で何度も何度も繰り返し聴いていました。よく聴かせてもらい、一人自分の世界に入っていました。

出だしのハーモニカ（？）の音が心にしみ入り、心を落ち着かせて、変わらないものはない、みんな変わっていく、そこからなにかが始まる。希望へと（みんなの願い）、学生時代を思い出し、そんなものだろう、時代は変わっていくと、切なくなり涙が流れそうになりました。

そのアルバムをよく聴いているうちに、ある歌が目に留まりました。目に入りました。このアルバムの中に「Happy Birthday」という曲が入っている。これだと思い、よく聴いてみよう、だいぶ恥ずかしかったですが、彼女の魅力といい、願いもニュアンスとも、そしてあまり深く考えずに、このアルバム『ＫＡＭＡＫＵＲＡ』が気に入っていたので、この歌を彼女の誕生日にプレゼントしようと決めました。
聴いているうちにのめり込む、ハラハラ、ドキドキ、その時どうなる？　トキメキを憶えるような気持ちに、メロディが美しく好きになりました。
あなたのようなメロディだと感じました。一生懸命歌詞しおりを見て書き上げました。
『〇〇さんお誕生日おめでとう。この世に生まれてきたことに感謝し、一緒に喜びたいです。あなたのことを思い、この歌を、〇〇さんのお誕生日に贈ります。僕の心です。キレイなメロディのような気がします。あなたと二人、二人だけのこの部屋でこの夜、この曲を聴いて、ステキな夜を過ごしたい。一緒にお祝いしたいです。』
少し恥ずかしかったですがそういうことを書き、『いつまでも女の子の夢を忘れないでね、いくつになってもあなたはあなた、(最高の贈りもの)。喜んでください。素晴らしい一日になりますように』ということを添えて、最後に、二十日楽しみにしています、と書きました。学生さんに、〇〇さんに渡してくださいとお願いしました。ありがとう、学生さん。

第六章

僕は、安心したのか？　ふと体の力が抜け、心が安まり、心を開こうとした。あなたは来てくれる。これから先どうしよう。自分を見つめて、さびしさを感じました。なぜだか真っ暗な目の前、孤独で冷たい鉄格子の中、誰の声も聞こえない、届かない、遠く一人暗闇の中、凍(ここ)える風が足元を吹き荒(すさ)む、そんな光景が目に浮かび上がりました。

その真ん中に、純白な便箋に書かれた思い、もうこれしかない、手紙が目に浮かびました。真っ白い姿が心の目に見えました。あなたに、話したいことがある。あなたとデートして、あなたに、僕の心をうちあけたい。

『僕の話を聞いてください』。あなたに伝えるために僕の気持ちを書いて、手紙を用意し、あなたに渡して、見てもらおうと思いました。

『僕が病気を患ったのは、体の調子が悪くなったことから始まる。内科の検査をしても、どこにも異常は現れず、精神的なことからくる病気です。その思いが病気だと診断され、生活環境も限られ、変わらざるをえない。思い通りに生きられなくて、またそこに原因がある、どこにも頼るところもないから…。それが精神の病気。心も体も元気になれれば…。僕は、最後にあなたに精神の病だと言いましたが、それは、よく分からない？　違うんじゃないのだろうか？　それが精神の病気であり、そう受け止めることが大事だと教えられて…。』
（しかし、今では、本当に心の病気になってしまった）
あなたに、僕の気持ちを話したかった。あなたが大好きだからうちとけたい。話すだけでも、愛があり、心が安らかになる。あなたならなにかを感じてくれる。人はどう思おうが、人により個人差があり、数えきれない症状がある。僕が思っていた通り、うちとけてくれる。
そんな僕の姿を周りの人は、遠くから不思議そうに、おかしな目で、冷静に見ていました。なにも気にしていなかった、いい気になって浮かれ調子の雲の空、足どりも軽く普段からなにも考えていなかった。おバカさん、悩み事など忘れていたかのような、風がきれいな、やわらかい日差しの中、木漏(こも)れ日がカーテンに降り注ぎ、優しく吹かれて揺れている。なにも変わらない、暖かい秋の昼下がりの病室、思い出して席を立ち、なにもなかったように振り返り、自分の部屋に戻ってみると、一枚の紙が折りたたまれて、僕の机の上に揃えられてありました。今、思えば、なぜだかその姿が寂しそうだった。
また誰か学生さんが、声をかけてきてくれたのかなと思い、少し期待し、なんのことなく開いてみると、見覚えのある文字、『なんだ!!』、あなたから、誰もなにも言わずに、置かれていたので、まさかあなたからだったとは…、思いもよらず分からなかった。
お手紙を見ると、『ふじの君、二十日、○○があり行けません。ふじの君、忙しくてお手紙も書けません。ふじの君、がんばってください』。
最後に、あなたの名前も呼び捨てで、短い手紙をしたためていました。声も出ない。僕は、一瞬にして固まった。背筋に冷たいものが流れ、凍りつき、暗闇へと突き落とされた。頭の中の回線が止まり、僕自身動かなかった。自分が見ていたものに、時はない二人の姿が重なり、心が途切れました。言葉が出ない。
立ち尽くし、しばらくしてから、僕はどうしたのか？　感情が勝手に走りだします。行動に現れ、体が勝手に動きます。楽しみにしていただけに…、少し怒った手で、この手紙が来たことに震え、気がこもり、すぐさま机の上に置き、そして、それが一番言いやすそうな人、（人のよさそうな）学生さんのもとへ、すぐ探しに駆け出した。自分にもプライドがあるかのように(事実経験はないが)。学生さんに、僕はあなたとはなんでもないのに、『僕のことは忘れてください』と、つじつまが合わないことをあなたに伝えてくださいと言ってやった。学生さんに、言ってしまいました。なんてことだ!!　僕は何を考えていたのか？　思いついたのか？　意外だった。信じていた僕が悔しかった。頭の中に、何も見えなかった。
もとはといえば、僕が勝手に好きになったのに、僕がムリしてお願いして…、気づかなかった。学生さんにも嫌な思いをさせ、ごめんなさい。なにもなくなった。
空白なまま一人ベッドに横になり、時間だけは過ぎていった。時は過ぎていった。心に空虚を残して、答えが返ってきた、現実は、見たくないけど、あなたから離れない。いつも、いつも、こんな姿、これが俺か…。
運命は背を向け、がっくりと肩を落とした。ふと自分を見つめてしまいました。僕が、辛そうに見えない気がして、誰も僕のことを分かってくれないような気がした。あなたにだけは…、優しくしたかったのに、言葉に出すのに迷った。ためらった。言葉に出して、あなたは、去っていった。分かり合えないとは、分かっていたけど、心の行きどころがなく、たまらなく涙が溢れました。
それだけではない、あなたに声をかけたこと、自分がしてきたことは、全て自分に返ってきました。こんなことは…と悲しみ、全て自分を責めました。あなたにしてみれば、「もうこれ以上、私に言わせないで、私は、あなたのなんなの？　私は、あなたのママじゃない。甘えないでね」と言いたかったのですか？　あなたは、怒りたいのか？　泣きたかったのか？　何もできない自分に悔しかったのですか？
今になって思う。別れの言葉？　そうとも受け止められるし、デートを断られたことしか頭になかった。僕の心の中では、あなたは答えを教えてくれませんでした。あなたの心の中は、誰にも分かりません。なにかを感じた人だから…、自分の心にウソはつきたくなかった。僕にとっては、永遠に分からないほうが幸いなことのようです。
確かに最後に、ふじの君、がんばってください、とあなたからのお手紙に書いてあった。ありがたいけれど、受け止められなかった。あなたが僕を、僕のことを思う気持ちには、心を通り越し、なんとかしてあげたい、しかし私には…、言葉にも文書にもならなかったのでしょう。思う気持ちが見つからず、ふりかざすこともできず、僕の思い込みに泣きだしそうな気持ちで、きっとこの手紙を書いたことでしょう。
お手紙が泣いているように見えました。あなたを悲しませた。あなたを僕の自由のために翼を与えてくれるものだと思い込み、あなたの翼を傷つけました。可愛い小鳥を追い込みました。あなたには、責任はない。僕が勝手に恋心を抱きました。下心です。あなたは、優しい、どこにでもある街中にたたずんだ、ほんの小さな女の子だった。ラジオから流れる街角のラブソングが聞こえてきて、心にとけて、分かり合えないとは分かっていたけど、美しい二人の光が目にしみました。
看護師さんは、気づいていました。優しい人です。何も言わずに、黙って誰も悪口を言う人はいませんでした。僕は、本当のところ、まだあきらめたくなくて…、恥を知る、恥ずかしい思いですが、心にも半分、僕が責任を感じて、反省とともに、神妙な顔つきで気を落とし、看護師さんに言葉に出たら、『そんなものはない』とはっきり言って、そんなことを…。しかし、それ以上のことはなにも言いませんでした。

そしてこんな僕に、想いは、誰にでもあることよと、優しく慰め、真剣な表情で僕の目を見て『人は、出会いがあれば別れもある、出会いと別れを繰り返し大人になっていく』。不安はない。自信を持たせて、言い聞かせてくれました。
僕は、また一つ大人になった、経験を積んで実っていく、自分に言い聞かせようと、そう受け止める、思わざるをえなかったように、優しさに見えなくて、まだ思いたくなかった。希望のあることは、誰も言いませんでした。

＊

見えない道を追っている、
あなたにツイテいこうと、
あなたを探し彷徨(さまよ)っている。
あなたには、逢えないけど、
夢の中で、憶えている。
僕のことを分かってほしい、
あなたのことをもっともっと知りたい。

俺を待っててくれ!!
あなたの愛がすべてを包むから、
俺を見てくれ!!
あなたのその目が、美しい光にかわることに…。
俺が眠りから覚めた時、
そっとやさしく、そっとやさしく、
俺を導いてくれ、
あなたへの道へ、
いくつもの困難を乗り越えて、
その光についていくから…。

*

あなたの空が輝いている。
どうしてあなたのこと、
こんなにも、好きになってしまう。
自分でも分からない。
あなたを追いかけて、
何度夢の中で、泣いてきたのだろう。
あなたがどこかで僕を見ている。

あの場所にあなたはいた。
振り返ればそこにいる。
あなたを追いかけて、
輝いた空の下、風に飛ばされ流れ去る、
白い雲をつかむように、
走って、追いかけて、
あなたのとこに行こうとするけど、
だけど、あなたには追いつかない。
僕がキライなの、避けようとしているの？
あなたの笑顔だけは変わらない。
心が体が叫んでいる。
あなたがいてほしかった。
追いつかなくて、
あなたは、消えていった。
笑顔と共に、風が吹いていた。
今度、生まれてきた時は、
その笑顔は、僕のもの。
輝いた空の中へ入りたい。

＊

どんなに想いを寄せても、寄せては返すさざ波のように、あなたには、手が届かない。水平線の遠くに現れる、見えるのか、見えないのか、気のせいか？　いつまでも見ていたいけど、消えていく、幻のような、そこにない、彼方に微笑む憧れの人です。
断崖（だんがい）の絶壁に咲くあなただけの花、そこに登っていくのは、この僕の足では、足場も険しく、地に足がついていなかった。欲を出しムリをして、崖から滑（すべ）り落ちました。その花も傷つけてしまいました。口惜しいけど高嶺（たかね）の花、永遠に、あなたには届かない。その花を優しく摘み取ることができなかった。僕の人生に、彩ることができなかった。こんな気持ちのまま終わらせたくない。あきらめが悪いこの僕は、その思いにムリがあるほど価値がある。変わった考え方をする、僕は意外性を感じる。
あなたに、この空いっぱい映したい。まだあきらめたくない、僕の心を映してみせる。お手紙を贈りたい。
そして最後に、あなたの顔が思い浮かびました。
それは意外にも、あなたをバカにしたかのような、たぬきみたいな顔でした。
いつまでもそばにいたいから、あなたの心の中のポケットにいつも入れて、なんでもないことが、当たり前のように、あなたが笑ってくれるのなら、一枚の紙にあなたのマンガを描きました。
学生さんの顔つきが違って見える。
誰も、僕のそばに近づいてくれない。
何か、気兼ねでもあるのかと思うように避けている。気のせいか知らんぷりして通り過ぎる。
僕は、このお手紙を渡したくても渡しづらい。
お願いの一心で、天に祈った。
考えても仕方ない。誰とはなく目に入った学生さんにヤマをかけて近づいて、思い切って声をかけました。するとまじまじと僕を見つめました。僕は、せまる思いで、〇〇さんにお手紙を渡してほしいんですが、お願いしますと、一歩下がってお願いすると、学生さんも一歩下がり、嫌なことでもあったのかと思う顔をして、迷うことなく、ふじのさんが最初にお手紙出したんでしょう、返しただけ、もう最後、こんなことをするなとすごく説教されました。その合間に、お手紙を渡したければ、受け取ってくれるのなら、退院してからに…。
あまりの勢いに押されて、僕は、何も言えませんでした。退院してからといっても…、受け取ってくださるかどうか分からない？　そんなことを言われて、冷たい心が目に映り凍りついた。気づかなかった!!　最後の最後に、こんなことになるなんて、あまりのショックに立ち止まり、硬直し、○○さんに伝えるだけなら、伝えてあげられると言ってくれたので、投げ捨てるかのように、あきらめた。心、悲しく『迷惑かけました、ゴメンナサイ』と伝えてくださいと、心のキズを吐き出すように、僕が変わった。
後のことは、よく憶えていません。ただその時、僕は、天と一つになった。○○さん、悲しんだ？あんな性格のいい女の子。彼女が悲しんでくれた、それだけを願っていました。

*

風が吹くたびに、君が流れ、心が変わり、
イイコトばかりじゃないけれど、
忘れようと微笑むたびに傷ついて顔に現れる。
あなたが子供の頃に履いたクツを思い出して、
誰かがそれを拾ってくれるまで、僕のそばにいてほしい。雨が降ろうが、風が吹こうが、僕がいる限り誰も邪魔しない。
いつの日か、情は雨に流され、言葉にならないだろう…。あなたがそばにいるだけで、なにもいらない。青空に雲がないように、なにもない、幸せな心で。あなたは、僕の夢の中にある太陽に続いている。この空を、僕の心を、輝かせてくれる。
もう、どうすることもできない、あなたを抱きしめたい、悪いのはあなた、あなたが欲しい。この手ですべてを手に入れたい。愛となり、生まれてきたい。あなたのことは分からない、だけどあな

たを信じてる。青空の彼方に二人見えないゴール
が待っている。

*

夕暮れに、あなたの影を追いかけて、
あなたの姿がつかめなくて、
小さくなっていく、
『優しくなれなくて』
何も言えなくて、
今日も一日が終わっていく。
さよならは言わないで、
この風に吹かれて、
また、歩いていこう、
約束してね、また会える、
あなたのもとに帰りたい、
愛に帰りたい。見上げると一番星が
現れて、僕の歩いて来た道を振り返る、
照らしてくれる、
星の光に未来を教えて、

あの星のように輝きたい。
どこかにあるのだろう、
この僕という星、願いよ届け、
人の心を信じたい。あなたに出会えた、
記憶のベールをめくって、
あの日に帰りたい、
一つになりたい、
明日になればまた会える。
あなたと手をつないで、
いつまでも、この陽が沈むまで、
どこまでも歩いていきたい。
太陽のようなあなた、
僕を映して、受け止めて、
輝いた瞳になりたいから、
僕を信じて見つめてほしい。
ああこの僕の希望の太陽よ、
燃え尽きるまで、力尽きるまで、
あなたと共に生きていきたい。

第七章

ともしびがつく頃、
薄暗い夜風が冷たく、
心を通り過ぎていく、
街の灯りがともり始める、
心にも安らぎを感じられる、
だんらんとしたこのひとときに、
あなたは、一人部屋に閉じこもって考えている。
この夜空の下暗闇に包まれて、
僕は、一人彷徨っている。
どうしたらいいのか？
どうしようか？
一人にしないで、
抱きしめたい、もう離さないで、
さびしさに、うち引き裂かれ、
冷たい風が頬すりぬける。
僕を優しく受け入れてほしい。
何を訴え、どうするべきか？
あなたは、真剣に取り組んでくれた。

*

僕が一方的に話しているから、
あなたと話していたら…、
素直になりたい。
僕が間違っていたことも…、
現実に生きて、現実に人をけなすか？
優しくするか？
すべての人生にかかっている。
幸せになるために。

*

今日も流れる、ラジオのニュース、
心が空白になる、
悲しい出来事でも、ステキなアナウンサーのお姉さんは、はっきりと聞こえやすい声で、
顔色ひとつ変えずに、話しかけてくる。
人の心は、どこにいったの、
生きていくために仕方ないこと。

あなたは、なぜそんなにも角張った、無類なく、
正確な字が書けるの？
それは、人の心が機械になっているから、
人の心が失われている。
自分ができるからといって、
そんな目をして見つめないで、
冷たくしないで、言えばそうなる。
情報化時代の中で、情報の渦にまかれて、
先走っている。ゴールさえ見えず、行き先さえ分からない。人の心がそうなっている。
大切な人でさえ、試験一つにかかっている。

*

子供の頃、学校から帰ると、すぐ夢中になって、
近くの池へ魚釣りに、飛び出していた。
友達と楽しく遊んでいたら、
いつの間にか空の色が変わっていき、
カラスの鳴き声が聞こえてくる。
陽が暮れてくる。

もう帰らないと、こんな時間まで、
心の中にある胸の時計が、僕に問いかけてきます。
お母さんが、心配して探しているのでは…。
今でもあの頃の時間を思い出すことがあります。
あの頃持っていた、この胸の時計が、今でも、僕の心の中にはあります。
朝、目覚めるとき、この時計のベルが鳴り、
私を起こしてくれて、愛を育んでくれた、あの頃の気持ちを忘れたくない。

*

人間って誰が悪いのだろう？
それは、自分の心から始まる。
人の心が裏目に出てしまうことも…。
安らかな愛に包まれて生きてきた。
ここまで生きてこられたのも、
すべてあなたのおかげ、
もう言葉なんていらない、
あなたの温かい心だけで、

心から、感謝する。
僕に正しい道を歩かそうと、
間違った道を歩かせないように、
見えない愛が、僕を見守ってくれていた。
ありがとう。
この僕の生きる意味は、
決めつけようがなく思えて、
怖く感じる。

*

人は人のために、どれだけ尽くすことが、
できるのだろうか？
心だけでも見てほしい、
そばにいて、手を握ってくれるだけでも、
いいと思った。
それだけでも、幸せだと感じた。
人生あるがまま、
言葉にできない、
それが人生だ!!

生きるのなら、振り向きたくはないけれど、
どこかに答えがあるのだろう。
すべてを包みたい。生きてこそ!!
やり直すことに終わりはない。

*

僕は一体何をしてきた。
罪を作り、心を壊してしまう。
温かい思い出だけが心に残る。
優しさに包まれて生きてきたのに、
振り返るたびに後悔する。
今はもう、こんな僕だから、
誰も相手にしてくれない。
なぜ、僕は、こんな人生を歩いてきたのだろう？
なんのために…、
なんの意味があってこの世界に、
生まれてきたのだろう？
あまりに自分がやってきたことが悪かった。
どうしようもない。

人として、自然の理として外れていた。
『僕は人間だ‼』
あなたと同じ人間だ。
僕は、なぜ生まれてきたのだろうか？
どこに行ってしまうのだろうか？
思い出だけは、忘れない、
それは、あなたに出会うため、
あなたの心が、僕の心を変える。
愛こそ全て、人は死んでも、人の心は消えはしない、奪われないだろう。
あの時、あなたが僕に力になってあげようと、
勇気を与えた心は、この世界に残る。
優しさとは、受け入れることだと思う。
愛というものがあれば、それが知りたい…。

*

一つの悪いことをすれば、
それだけではない。
すべてのことをしたのと同じように…、

償います。
私は、川ではない（そうありたい）。
川のようにみんな流れなく、
学ぶ喜びがあり、
流れ去る水のように、素直に生きたい。
ただあるべきものは、川に水が流れている。
僕は、絶対に幸せです。
幸せじゃなかったら、たぶんこんなことは書けないだろう。
たとえ、どんなに苦しくても、時は過ぎていく、
今があるかぎり永遠に生き続けます。
もうだめだ、吐き出しそうでも、
今ある暮らしの中で幸せになれますように、
お父さん、ありがとう、
お父さんの子供で本当によかった。
お母さん、ありがとう。
今、僕は、生きていることに、感謝する。

*

子供の頃から、自分の言うことしか聞かず、
わがままばかりで育った、この僕は、何かとすぐ
怒り、何かに引っ張り出されるかのように、
反感ばかり抱いていた。自分がこうしたいと思っ
たら気がすまなかった。物を投げ、大声を張り上
げ、自分でも気づかないままそうなった。
あの頃のままだった。
あの時の自分がしてきたことに、両親のあの顔を
思い出すだけで、心が痛む。
たまらなく虚しい。
僕は、悪い人間だから、心から謝ろう。
お父さん、お母さん、ごめんなさい。
思いやりの心も薄れ、
時に流され、恥ずかしくて素直になれなくて…、
いつかは別れの日がおとずれる。
このまま何もなかったかのように、時が過ぎ去っ
ていった。
育んでくれた、愛することを与えてくれた、両親
に、心から感謝する。お父さん、よく頑張ったね、
ありがとう。迷惑ばかりかけて、ごめんなさい。

たいへんな人生だったけど、これからは、天国にいって、ゆっくり休んでね、休ませてあげる。お母さん、よく頑張ってるね、心配ばかりかけてごめんなさい。お体に気をつけて、元気で、長生きしてね、ありがとう、お母さん。

*

優しさがなくて、こんな夜は、一人悲しく涙が流れそうになる。冷たい風がほほに吹き荒む、
薄暗い雲は、頭上に覆いかぶさり、孤独に包まれて、悲しみの雨が降る。
この空は、僕の心となって、泣いているのだろう。
温かいから、さびしさを感じる。
愛情は、時として憎しみに変わる。自分のしてきたことが心苦しく悲しい。
僕に、もっとたくさんの思いやりの心があったのなら…、人は人の中で生きている。
支えられて、一人では生きていけない。生かされているはず、僕にこの心がどこかに行ってしまっ

たのだろう。照れ臭くて素直になれず、
言えなかった言葉も、できなかったことも、
二度とは、戻らないこの世界で、
もっとたくさんの人に、愛を贈りたかった。
『ありがとう』僕は、今生きている。
この僕の生きる意味は…、今生きていることに感謝し、その心を、今こうして残せたら…。

*

生きていくんだ!!
たとえ、どんなに困難で前が見えなくて、進む道が見えない険しい道でも、あるがままに受け止めて、こんな僕でも生きているんだと笑っていられればいい。そして前を見て立っている、こんな自分でも少し誇りがほしい。
辛い時には、そんなことも考えられない。
確かに、自分が悲しまないと、人の悲しみは分からない。こんな僕は…。それだけでも分かっただけでも、少し救われたような気がした。

もう、何度ダメだと思ってきたのだろうか？
もう、どうしようもないとき、そっと優しく、あなたが現れてくれる。
永遠の眠りから覚め、僕の目の前に現れてみせる。
僕に投げかけてきます。不思議な夢を見た。生きるために生まれてきたのよ、ふじの君、がんばって!!　僕は、カッコイイ、苦しみに耐え生きている。自分に言い聞かせて、なすがままに、このまま歩いていこう。いつかこの苦しみを振り返った時、あなたの瞳の奥に入りたい。なにかを語りかけている。
涙の向こうに虹が見える。青空に包まれている。
悲しみに涙するのは、空が青いから…。

*

あなたはあなた、誰のためにでもない、
かけがえのない純粋な結晶。
僕は、どんな人間であれ、
こんな僕だけど、あなたのことが離れない、この胸で包みたい。
あなたが誰かを好きになっても、
お付き合いしても、
僕には、あなたに口をはさむ、
権利は、なにもない。
あなたが好きならそれでいい。
そのままのあなたは、とてもかわいくて、幸せになってほしい。
あなたが好きです。
僕は、あなたにとって、ふさわしい人間じゃないかもしれないけど、
僕は、あなたのために、なにもしてあげられないかもしれないけど、なにもない、僕だけど、いつの日か、この世に生まれてきたことを贈りたい。
今はまだ分からないけど、だけど、だけど、あなたさえ、あなたさえ、手に入れたら、愛が実ったなら、この僕の人生は、なにもかも全て報われる。
そんな瞳は、光り輝くダイヤモンドのように、
あなたを見つめる。
永遠の輝きがある。僕の目を見て、この愛を受け

止めて、笑っていないで、声を聞かせて、
今、君をつれさりたい、永遠の岸辺に…。

*

ムリしないで、
泣いてもいいよ。
あなたが悲しくて、溢れる涙が止まらない時、そっと優しく、僕はあなたに、ハンカチを貸してあげる。僕の肩によりそって、分かち合いたい。デコボコ道に足を取られて、つまずきそうになったなら、心配で、倒れないように両手を差し出し、支えてあげる。僕があなたのつえになってあげる。あなたが笑顔になれるように、あなたの心、抱きしめてあげる。
温かい愛で、僕があなたを包んであげる。
僕がツイテイルカラ…。

*

母のように優しく、
大きな想いで、僕を包んでくれる、
静かな海をずっと見ていた。
いつまでも見続けていたい。
いくつもの思い出が、蘇ってくる。
あなたと出会い、そして別れ、
死にたいと言った日、
殺されていたと言った日、
僕は…、
なぜ僕は、こんなことを言った、
言葉すらなくした。
時のたつのは早いもので、こんなところまで流されてきた。
思い出がにじんでいく。
さまよえる小舟のように、あなたには、
とどかない。
大海に揺られて、行きつくところはどこへ、
どこへ行ってしまうのだろうか？
水平線の彼方に、あなたの顔が現れ、笑っている。
僕の記憶の彼方まで消しきれない。

どんなに想いを寄せても、叶わぬ恋。
寄せては返す波のように、
やり場のないこの心は、
そこらにある、石コロをつかみたくなった。
僕を優しく受け入れてくれる海に向かって、やつあたりしたい。
なんのために、ここまで生きてきた。あなたに出会えたのに…、これが最後だと、
思いっきり海に向かって投げつけたかった。
今までの自分を捨てたかった。
海よゴメン。
遠くを見つめすぎて、ジッとしていられなかった。
彼方に光射すように、僕の目に重なって、見えないものが目に映る。
あなたの笑顔は僕のもの、抱きしめる二人の日々、
あなたは幻だった。
いつのまにか、この僕の心の中を映す、この海は、
波打ち荒れ狂っていく。
なにもかも、全て消し去っていく嵐であるかのように、

悲しみが雨になり、洗い流し、
あなたを消し去っていく、
どんなに想いを寄せても叶わぬ恋、
海に別れを告げて、
寄せては返す波だけが、涙に消えるように、
あなたを消していく、
やがて、穏やかな朝が訪れるだろう。
海よありがとう。

第八章

あなたのそばにいたい。
風のように、あなたに微笑んで、
花のように優しく包み、
あなたを抱きしめて生きていきたい。
あなたの優しさに、僕が心を語ることに気をつけなければいけない、と思った。
僕が変わっていったから、
周りもみんな変わっていった。
あなたと時を過ごせたら…、
あなたのことを考えるたびに、
僕には、手が届かない。
遠く微笑む、永遠の憧れ。
悲しいけれど思い出をありがとう、
いつまでも、僕の心の中へ刻んでいる。

*

希望が消え、
何も、変わらない、

日にちだけが過ぎていく。
自分自身さえ変わろうとしない。
同じような日々の暮らしの中、
ありきたりだけが、
積み重ねられていく。
こんなもんだろうと自問自答し、
過ぎ去ったこと、
あの日は、遠ざかり、
忘れたくても、忘れられない、
思い出にできない。
僕は、いつものように、
あなたからもらった手紙を手にしていた。
何度も何度も読み直し、
繰り返し、出てくるのは、
『あの時が…』、
願いは、届かなかった。
自分に、優しくなれませんでした。
それでも思う、最後に、もう少しあなたの思いを
聞きたかった。
それも、できない関係、

思いやりの心も薄れ、感情的に、
もう見たくもない。
この部屋にも置きたくない、
あなたがいるから、
僕の心の中からなくなれば…、
この手紙を強く握り、消えてなくなればと、
一気に全て、破り裂きました。
テルテル君も…、
今でも、テルテル君の中の綿がきれいな心、
柔らかい、キレイなキレイな、真っ白だったことが目に浮かびます。あなたの心が見えてきます。
清らかな、水の流れの滝のように
僕は、どうしたのか？
もうとりかえしのつかないことをした。
思い出にできなかったから…、
これでよかったのだろうか？
あなたの笑顔が崩れていった。あなたの心を壊した。心は、この胸は痛むけど半分さっぱりしていた。悔しい気持ちなのか、あきらめていた。これで終わった。

ふと温かい思い出がよみがえってきました。彼女がしてくれたことが、この胸に湧き上がります。
僕は、何をしてきたのか？
彼女は、僕のことを思い、涙を流してくれたのに…。僕は、自分の心に嘘をついていました。さっぱりしていたのは、自分に言い聞かせたこと、楽になりたくて、本当は、悲しくて、あなたの心を大事にしたかった。愛した思い出の形見として、大事にしまいたかった。この手紙を破り捨てた、この部屋で、僕も一緒に眠りました。
忘れられないから、これでよかったのだろうか…、気づくのが遅かった。
さびしそうに紙切れがかたまって残っていた思い出を、クズ箱に入れて、この部屋のドアを開け、僕は、黙って出ていった。

*

なぜ、僕は、こんなことをした。
あなたに、声をかけなければ、

こんなにも、切ない想い、叶わぬ夢は、見なかった。あなたにも、こんなに胸が締めつけられるほど、心を傾けられずに、あなたを苦しめなかった。
忘れたくても、忘れられない。
まぶしいほど輝いた思い出は、作らないほうがいいの？　思い出にしたくない。
途絶えるのが怖い。後に残るものは、
あの頃の続きを叶えたい、心残りに、
楽しかった日々、嬉しさは、さみしさに変わる。
今は、分からないけど、いつの日か振り返り、
キラメキという、自分だけのアルバムを開く時がきっと来る。まぶしいほど輝いていた、あなたの笑顔、やわらかいその胸が、僕の心の中に刻まれてる、本当によかった。
僕の生きる源になる。思い出は、生命だ!!
あなたの笑顔は、いつも、僕のそばにある。
見つめないで!!　輝きすぎて、自分の心を裏切った僕は目を離す。僕の大きな胸が痛むから、下心のある僕は、恥ずかしいから、
見つめていたい、目を離さないで、今、君は、ス

テキすぎる。僕の行くところへあなたをつれさっていきたい、手を離さないで、僕のそばから離れないで。

*

あれから生きていくために、
ただ当たり前であるかのように、思えてくることが、
どんなに大切で、どんなに難しく、自分でも、分からないことだと思えてくるのだろうか？
あるがままに生きていくことで、
彼女を傷つけてしまった。
自分の愚かさが身にしみる。
欲望が彼女の笑顔を消していった。
あなたの心の奥に秘められたもの、
二度とは元に戻らないかもしれないけれど、僕は心を込めて、この手をあなたの心へ…、なにも怖いものはない、あなたの心をうめたいだけ、優しいあなたは、きっと受け止めてくれる。今でも、

僕は、この心の手をかざし、あなたの心へ、僕の
心を贈っています。
あなたのその手を開いて、握り返して、
僕がこの手でつかむから、強く握りしめるから、
僕のこの温かいぬくもりが、
あなたの心に伝わるように、
あなたと二人、歩いていくことはできなかったけ
ど、あなたよ、幸せになれ。

*

そして時が過ぎ、『出会い』。
いつどこで、誰も決めつけようがない、
それも宿命。
自分の心の痛みより、
あなたの心の痛みを考えなければ…
あなたのことを想えば、
声をかけたくても、
あなた一人に僕の重い荷物を背負わせないことを、
欲望に変えて、

色づいた水をぶっかけないことも、
言いたいことは、誰にでもある。
黙っていることも勇気、
だけど、真っ直ぐに歩いていきたい。
きれいごとを言って、
心のないことをしてきた。
あなたは、『元気を出してもらいたくて!!』
明るく僕に、話しかけてくれた。
（僕の悩みは、欲望だ!!）
自分の欲望のために、あなたを想像して…、あなたを苦しめてしまいました。
あなたの気持ちが分からなくて、
女の子の気持ちが…、
僕が守ってあげなければ…、
あなたが僕に残し、去っていった、歌二曲、
いろんな言葉をかけたかったけれど、
言葉にならず、それしかできなかったんじゃなく、
それがあなたの（心）、
なによりも大好きな想い。
岡村孝子さんの『夢をあきらめないで』

輝いている僕の姿を見ていたい、(あなたの願い)。
僕のために贈ってくれた、この歌を思い出すだけで、未来に希望を奏でて、
僕は、挑戦したい。
『苦しいことにつまずくときも…』
そして、あなたはあんなことを書いて、
それでもあなたのことが心配で、風の知らせが…
胸を打ち、打ち砕き、心がじぃ〜んと締めつけられました。
あなたが僕に、涙を浮かべて語りかけてくる。
時間は逃げはしない、その時は来る、
長い目をして見ていって、時が過ぎ去って初めて気づくこともある。
うまくいかないときもあれば、うまくいくこともある、だから、今日は、くよくよせずに、今日の風に吹かれて、笑って歩いていきましょう。『また会える』(時代) 薬師丸ひろ子さん、今が思えない、不思議に思える、
幸せに満ち溢れた日々がきっと来ると、
あなたは、生きる力を、僕の人生を信じていたは

ず。

*

僕は、なぜだか、
あなたが語りかけたものは、
あなたの姿を見ているだけで、
意味もなく、二人笑っていられる。
僕は、悪い人間だから、たまのたまに、
やるせなくて、腹を立て、誰かを、後ろから蹴ってやろうかと思ったこともあった。
しかし、あなたなら、どんな感情を思い浮かべても、切なくて、蹴ろうと思う気もなければ、そんな力も入らない。
たとえあなたの悪口を、口が滑って言ったとしても、本当に、あなたのことを悪くは思ってない。
できることなら、陥れ(おとしい)たくもない。
ふじの君なら許してあげる。
あなたの笑顔が物語っている。
許し合える人だと感じた。

あなたの笑顔を見ているだけで、雲ひとつない青空がキレイな心になる。
あなたの笑顔を壊したくない。
あなたに、してあげられることは、『ありがとう、心苦しく、ごめんなさい』。
僕は、今でも、想っている、
あなたに、出会ったこと、間違いではない。

＊

僕は、あなたと秘密の約束をしたと以前書いたけれど、それは、初めて僕が心を込めて書き上げた、あなたに贈ったお手紙は、誰にも見せないでほしい、ということ。約束してくれました。
僕には分かる、あなたは、それを守ろうと、
必死で守ろうとしてくれた。
その心にも、応えられずに、
あなたが僕に、僕の明日が天気になりますようにと願い、青空を見せてあげたくて、心を込めて作ってくれた、テルテルボウズ、破り捨て去り、あ

なたの心を裏切ってゴメンナサイ。
あなたしか見えなくて、
あなたをなくしただけで、僕の心までなくなった。
僕は忘れはしない、あなたからいただいたテルテルボウズは、今でも、この僕のまぶたの奥には、垂れ下がっている。僕には、見えた。虹色のパラソルの開く瞬間が!! あなたからいただいたプレゼントには（テルテルボウズ）、あなたに出会ったことで見せてもらった、ぐずついた心に七色の光が舞い上がり、この空いっぱいに広がった。僕の心に、青空を見せてくれた。あなたの心は、僕があなたに出会えたことで成し遂げた。
僕の心の中に、悲しみの雨が降るとき、
あなたは、優しく、そこにいるだろう、傘を開いて待っている。この胸の中で、二人入っている。雨上がりの空に、二人歩いている。青空に包まれている。雨の日もあれば、曇(くも)りもある。お陽様は、さざ波に包まれ、寄せては返し、同じ日はない。
あなたの空を忘れない。
青空を見せてくれた、虹のような人だった。

＊

辛く、苦しく、なにも見えなく、見ようとせず、
自分から逃げ出したくて、
もう嫌だ、なぜ生きている、逃げようとし、
自分では、敗北の入院が偶然にも、
自分でも気づかなくて、探すつもりも考えてもいませんでしたが、あなたに出会えた!!
なぜだか暗闇の中、心のカーテンが開くように、
光が広がった。この胸のトキメキは、
今ここで光を放った。
僕のために、笑顔を振る舞ってくれて、本当に嬉しかった。あなたの笑顔を忘れない。
あの頃のままのあなたの姿でいて、その輝いた瞳、
笑顔が見たいから、
あなたの笑顔は消えないで!!
あなたに出会わなければ、僕は、ここまで、生きてこられなかっただろう、ありがとう、あなたの心が届いてる。

*

心残りなことは、あなたの笑顔に応えられず、もう少し、笑顔を贈れたら…、もうだいぶ、優しさを贈れたら…、後になっていつも気づく、大切なものは、いつも失くしてから気がつく。
辛い気持ちを隠して、笑顔でいなければいけない時もある。それが、あなたのためになら、
自分のことばかり考えていた。
ごく当たり前のように、あなたらしく生きているあなた、もっと大切な接し方があったのに、
欲望からあなたに下心しか見せず、目を奪われたから、もう一度人生がやり直せるのなら、
あの日に帰りたい。
『迷惑かけました、ゴメンナサイ』などとは言わずに、心から感謝の言葉を述べたかった。
あなたはかわいそう、誰よりも、僕のことを思ってくれていたのに。なによりも大事なことは、あなたの幸せを考えなければ…、

それが自分のためになる。
愛とは、与えるものであり、見返りを求めるのは、
愛ではない。

*

もう泣かないで、
自分を責める悲しい涙も、僕のために流す涙は、
なにもいらない。心配しないで、時が解決してく
れる。僕は幸せだよ、あなたに出会えたから、優
しく見守ってくれているから…。あなたのために
なら、僕は、なんだってできるんだよ。ほら、こ
の空を飛んで、山を越えて、谷を越えて、今すぐ、
あなたの目の前に現れてみせる。あなたを迎えに、
風の中、光になって。
笑って待っていて。あなたがもしもさびしかった
ら、こんな僕を見て笑って、心はないけど、僕を
見て笑って。叶えられない、空想の世界でも…、
あなたのその笑顔が見たいから…。

*

輝いた空、アスファルトがキラメキ、
きれいな風を感じて、スピードが流れていた、
真昼の夏。海が見たいから、あの海を目指して、
光の中を時間が刺していく。
この広い穏やかな海は、南風に吹かれて、
僕の心の退屈なモヤモヤを優しくときほぐし、包みこんでくれる。
なにもかも忘れさせてくれる。
あなたが欲しいと、机の引き出しにメモを残して、
僕を去り、乾いた風の中へ、
気ままな風に吹かれて、
今、僕は、ここに来た。
初夏の雨の雫が紫陽花の葉っぱを生き生きさせて、
夏が終わったかのように滴り落ちた。
心の風景に流れて、絵画のように、この目に映った。町が生きていた。玄関の階段に花が咲いていた。コンビナートが燃えていた。
僕の心の中にある、大きな一枚の写真には、青空

に、あの山が写り、空の青さと緑が茂り、
きれいに青々と輝いていた。一筋の雲が現れ、
風に乗り、時間の流れを感じていた。
そこから遠くを見下ろしたくて、
期待に元気し、山に登った。
山頂に上がった。
厳しさに、なんとも言えない達成感を覚え、
嬉しくなって、得意になって、
そこから下を見下ろしていた。
いつのまにか、この目は、あなたを探していた。
あの場所は、あなたの思い出が詰まっている。心の中の、あなたは今どこにいる。
いくら探しても、答えは出なかった。
あの町に、あなたを探し見続けていた。
海の広さとコンビナートが燃えていた。
思い巡らし、あの日を見つめて、
なにも言えなかった僕、
最後に、一言、さようならさえも…。
思い浮かべて返すことは、
今ここで、この場所で、

僕は、あなたに、『さようなら』と言った。
『いい人生を送ってね！』と、この空へ告げた。
あの場所に、あなたはいた。
あの時見た空は、あなたへ続いている。
今もこの空に続いている。

*

あなたは、この場所で何を…、
僕と出会って、見つめていたい。
目覚めれば、朝焼けに、希望の光が広がる。
静かな平地から、平和のさえずり声が聞こえてくる。元気に、楽しそうに。
笑顔で卒業しましたか？
あれ以来、彼女に会っていません。
あなたの笑顔が、目を閉じれば浮かんでくる。
なぜ、あなたは生まれてきた、
なんのために、あなたは…、
いつものように一日が始まり、
心に太陽を持って、明るく元気に力があった。

人を疑うことを知らないような、青空が似合う、
ステキな人だった。僕がいつか…、
だから、その時のために、
あなたの空が涙をかじった。

＊

あなたが笑顔で、見守ってくれている。
太陽のように、僕を輝かせて、
風のように、優しく連れ去ってしまう。
生きていくために、
『○○さん』、あなたの名前を叫ぶ!!
（いけない!!）、きれいごとだけではない世界だけど、僕の笑顔が消えないように、
人を愛したい…。
僕を分かってほしい。
○○さん、なんとか、僕の目の前に現れて言ってくれ!!　笑ってないで声を聞かせて、
だいじょうぶ、だいじょうぶだと、一言、一言でいいから、言ってほしい。いつまでも絶え間ない、

その微笑み、いつまでも見ていたい、
あなたの笑顔が涙を消すのだから…。
何もなくなった、永遠の場所へ、
どこまでも続く、あの空と地平線に立ち、
僕の影は、在り続ける。その影は、一つ、二つ…。
あなたが笑顔で、待ち受けている。
空は母、父なる大地、二つが一つで命が芽生える。
愛を育みたい。願いを届けたい！
望まれて、生まれてきたことに…。
僕は、今、大地を踏みしめ、
この空を見上げている。
星が輝いている、また一つ願いが叶う。
命が笑っている。

*

あなたに、出会えて佳かった。
雨の日には、雨のように、
空が曇り、泣き濡れ、
そんなものだと雨も降る。

雨上がりの空へ向かってあの虹へ、
今、カエルのように、
無邪気に、笑って飛び跳ねている、
○○さん、ありがとう。

＊

ありがとう、あなたに出会った空を忘れない。
僕は、今でも見える、あなたの空が、
なにもないキレイな心で愛を与える。
心に、キズがあれば何かを感じる、
心残りになり気にする。
なにも感じさせない、雲一つない青空には、
嘘、偽りのないきれいな心。
見返りを求めない愛で、僕に接してくれた。
人生は、青空ばかりじゃないけれど、
空に、一筋の白い雲が流れるように、
雨の日もあれば、曇りもある。
時さえ流れている、だからこそ人生であり、
一瞬でもいい、光り輝くなにもない、

キレイな心、青空に包まれたい。
初めて、あなたからいただいた、テルテルボウズを目にしたとき、天気とはなんだろう？
晴れ渡る空には、何が見えるのだろう、ということを感じさせなかった。
包まれているときには、そこにあり、
空腹が満たされて、そこにあって当たり前で、
考えてもみなかった。
そこにある幸せに気づかない。
雲さえ流れていない。
失って初めて気づく、望まれた感謝に、
あなたに、トキメイテ嬉しくて、
あなたに会えた喜びが、純粋に好きだと思う、嘘のない心で、僕は、光となった。その光は、この目で見つめて天に昇った。
あなたをなくして、気を落とすのではなく、
ムリして、お願いして、本当はこんなことしてはいけないのに、迷惑かけて、精一杯な心に、ムネがいっぱいで痛む。
あなたからいただいたもの、キラメイタ、

すべてを忘れさせてくれる、あなたの笑顔。
僕は、光の中に入った。
心から、嬉しかった。
僕は、今、あなたの心に感謝している。
多くの人に、支えられてここまで来た、
手を差し伸べることを…、
そんな想いが、青空のような気がします。
忘れないでほしい、すべての人の目の前に青空は、
そこに行こうと待っている。
ただ、なにもない青空、笑顔に包まれている。
気づかないだけで、この雲の上で笑っている。もうすでにスタンバイしている。
希望は、待ってる。
望みを捨てるな!!
眠りにつけば、目覚めるときも訪れる。
朝焼けの陽の光から、
あなたの笑顔が輝いている。
日は、また昇り、
あなたの空に願いを届けたい!!
青空の彼方に、あなたは消えていった。あなたは、

今でも大空を駆け巡るペガサスのように、この空を羽ばたいている。
あなたの空よ永遠に、安らかに、
ひまわりさん、ありがとう。

*

そっと目を閉じてごらん、
今がどんなに苦しくても、
そこには、自分という存在が浮かんでくる。
何を追い求めて生まれどこに行く。
かけがえのない人生に、限りあるもの、
本当は、心は、幸せに、なってほしくて心となる。
ありがとう、ありのままに生きたい。
あなたへのつながりは、その心が光となり、
生まれる前から約束された。
僕を幸せにさせてくれる、あなたの笑顔が、
与えられることが、僕の存在だった。
天からの恵みがあった。
心から、幸せになれた。

愛することを安らかに、
あなたの笑顔を忘れない。

*

誰かが言った…
生きているだけでいい、
（夢が見えるから）
耳に、残って、人ごみの中へ消えていった。
やさしさとは…、
花の絶えない家庭になりますように。
今、ここに僕がいる。
言葉にできないけれど、
生きていることは、美しい。
幸せとは、気づかないこと、
幸せに、気づかないことが不幸。
毎日、毎日、誰かが、どこかで生きている。
心が、形で作られても、素晴らしいものを、みんな、持っているから存在する。
すべての人に価値がある。

真心を込めてありがとう。

*

空は、なぜ青いのだろう？
なんでもないことが、
幸せだと感じる。
ただ、この空に、忘れて、
青い空に、包まれて、
感じさせないことが、
幸せのようで…。

*

ミホさん、あなたが、好きだ。
あなたには、男が必要だ。
かわいい女の子には、それを守ってあげる、
男の力が必要だ。
振り返れば、いいことは、あったが…、
人として、出来損ないだけど…、

あなたのことを想う、僕が、今ここにいる。
さびしがりやで強がりな、そのあどけない笑顔は、
光を放って、かわいさの中にある。
なにかに怯（おび）えた、その瞳の奥には、
僕が溶け込んで見える。
あなたは、それを守ろうと、守ろうと生まれてきた。あなたと一つになるために、僕は、生まれてきた。あなたのすべてを抱きしめたい。
美しいものは、美しいと素直に言える、
妙に、無邪気に、ほころんでいる、あなたの姿は、
僕に、何かを忘れさせてくれる。
あなたの光は、僕の勇気に変わる。
ミホさんの中に、一番強い者が入れ。
あなたの髪は、間違いなく伸びた!!
あなたの柔らかさに触れたなら、僕は、強くなれる。力の限り、あなたを愛し、あなたの瞳の光は、消しはしない。その場所に辿（たど）りつくまで、僕は、どこまでもどこまでも歩いていく。あなたの笑顔を守りたい。

*

あなたの場所を用意し、
あなたを迎えに、朝霧(あさぎり)の中、冷めた心でギアを動かす。あなたに会えれば、太陽も昇っていた。
今日は、あなたを連れて魚釣りへ、僕は、笑顔を作ろうとしている。本当は、嬉しすぎて、緊張していた。あなたが空から海を輝かせてくれた。僕は黙って用意をし、半分あなたが持ってくれた。
僕は、黙っていた。
魚釣りは好きだが、本当は、あなたとこうしていられることが、なによりも嬉しくて幸せだった。
黙っていても、あなたが手伝ってくれた。
僕は、何を見ているのだろう？　竿先も見ているけれど、遠くを見ていた。
水平線の彼方に思い浮かぶ。自分でも分からない。
なぜ、あなたが、僕のそばにいる？　あなたが笑っている。
このままあなたを連れ去り、僕のものに…、
そんなことさえ思えなかった。

風のようになっていた。
ただ、あなたがそこにいるだけで、満ち溢れた、言葉にできない、こんな気持ち、いつまでも、このままでいたい。楽しくは、なかった。感動していた。そして、あなたの笑顔が輝いていた。
このひとときに、魚が釣れなくても、リールが壊れても、あなたの笑顔が消えないなら、それでいいと思った。ここから見える夕日は、とても美しく、いつか二人で来てみたいと思っていた。それが今、現実に、いつまでも見ていたい。今日の日は、二度と来ない。この世界が崩れるまで、あの夕日に溶けていくように、今、二人は、一つになろうとしている。
『帰ろうか？』、うんと一言、あなたが言う。
気がつけばあなたは、僕の右手にいる。一緒に後片付けをし、僕の目の前を元気に歩いている。なにも釣れない…、なにもなかったように、今日も一日が過ぎていく。こんなことであなたと二人、笑い合えたならいいですね。今日は、ありがとう、あなたの笑顔が見られて。あなたの笑顔が、壊れたなら、僕は、心の中で泣いている。僕を泣かさないで、僕が泣いても、あなたさえ笑ってさえいられれば、僕の心の中では、何かが報われる。暗闇の中、光る二人のヘッドライトは、この道の先を照らして、導かれるように明日へ続いている…。

*

『がんばろう』。がんばって、ダメなら、あきらめがつく。私の天命は『覚者』になること。私の天命を全うしよう。『がんばろう』。

*

自信とは、自分を信じられること。
自分を信じることができなければ、
自信は、生まれない。
ふとしたことから、迷うけれど、
気持ちが途切れそうになるけれど、
心の弱さに、負けないように、

私も、頑張るから、皆様も、
自分を信じることが、できるように、
頑張ってください。
いつの日か、それが強い力となる。

*

まだ分からないのか!!
このままでいいと思っているのか!!
このままでは、いけない!!
死んでもあきらめるな!!

*

一度、人生に迷ったら、
パステルに、してみよう。
空いてるところを彩って、
自分通りに、描いていこう。
この空いっぱい、自由な心で、
塗り尽くそう。

思いっきり、自分の人生を楽しもう。
自分色の空に染めよう。

*

今、あなたが見ているものは、
僕も見ている。
同じ想いで、違った形で、
同じ感動を抱いている。
『人生の同じ景色をいっしょに見ないか!!』
出会えたことが奇跡だった。
僕の目が、あなたの瞳に映ったとき、
あなたは、きっと、僕の心を分かってくれた…。
僕だけの、ときめきを覚えた。
今、二人は、一つになった。
愛が生まれた日。
永遠には、なれなかった…。

*

青空を見ていると、
たまらなく、時が早く過ぎていく。
時間さえ忘れて、
人生さえも、忘れていく。
生まれる前のことを思い出し、
なにもない世界、
ただそこにあるのは、幸せなだけ。
ありがとう、あなたが見せてくれた空は、無限につながる希望の形。
あなたに目を奪われ、あなたの心が分からなかった。『なにもない』、美しい心に。
なにもないところから、新しい命が生まれてくる。
今、僕は、宇宙になった。
すべては、そこに帰る、一つになる。
そこには、数々の星が煌(きら)めく。
星は、なんでも知っている…
あなたの願いが叶うことを…
あなたという星が輝いていることを…
永遠に輝いていることに…。

*

考えちゃいけん、
すっとはえれ、すべてをたくし
神様の中に、
すべての人に感謝する。
人々が幸せになることを、
祈って、終わりにします。

幸せになあ〜れ。

著者プロフィール

藤野 望（ふじの のぞみ）

1968年生まれ
山口県出身

あなたの空におくります

2020年２月15日　初版第１刷発行

著　者　藤野 望
発行者　瓜谷 綱延
発行所　株式会社文芸社
〒160-0022　東京都新宿区新宿1－10－1
電話　03-5369-3060（代表）
03-5369-2299（販売）

印刷所　株式会社暁印刷

ISBN978-4-286-21047-6